www.vom-hofe-schneider.de

Malus Magische Reise
und
Geronimos Geheimer Wunsch

Thomas vom Hofe-Schneider

Bibliografische Information der Deutschen Nationalbibliothek:
Die Deutsche Nationalbibliothek verzeichnet diese Publikation in der
Deutschen Nationalbibliografie; detaillierte bibliografische Daten sind
im Internet über dnb.dnb.de abrufbar.

1. Auflage

Lektorat: Anke Höhl-Kayser
(www.texthexe.com)
Covergestaltung: Jacqueline Wiehl
(www.webdesign-firebird.de)

Verlag: BoD · Books on Demand GmbH, In de Tarpen 42,
22848 Norderstedt
Druck: Libri Plureos GmbH, Friedensallee 273,
22763 Hamburg
ISBN: 978-3-7693-0072-7

Danksagung

Ich danke Annika Bühnemann, Jil Aimée Bayer, Marieke Kühne und Michaela Diesch für das Coaching während der Entstehung des Buches.
Ich danke Nancy Schmidt-Bartlick für die vielen wertvollen Hinweise zur Artistik und Akrobatik. Danke auch an Jacqueline Wiehl für die gute Zusammenarbeit beim Entwurf des Covers. Und ich danke Anke Höhl-Kayser für die guten Tipps im Rahmen des Lektorats.

1.Kapitel

„Ich weiß nur, dass das Licht für jede Aufgabe den richtigen Stern wählt ..."

Malu spürte, wie eisige Kälte durch die kuscheligen Kristalle ihrer Wolke aus kosmischem Staub drang – eine Kälte, die Energie aus ihrem Körper saugte. Die Kristalle vibrierten, als ob ein galaktischer Sturm über sie hinwegfegen würde. Instinktiv presste sie ihren Körper tiefer in die Schlafkuhle.

„Bald wirst du dein Strahlen verlieren und zu Sternenstaub zerfallen, kleiner Stern", flüsterte eine heisere Stimme.

Malu wälzte sich auf die andere Seite der Wolke.

„Bald werdet ihr alle nur noch Sternenstaub sein." Das Wesen kicherte so böse, dass Malu innerlich erschauerte.

Tiefe Angst überfiel sie. Sie zitterte, öffnete die Augen und richtete sich ruckartig auf. Im Augenwinkel glaubte, sie einen schwarzen Schatten in Richtung des Weltraumplateaus rasen zu sehen. Er verschwand in der unendlichen Weite des Universums und mit ihm die Kälte.

„War das ein Traum?", flüsterte sie in die Stille.

„Ich fürchte nicht", antwortete eine tiefe Stimme direkt hinter ihr.

Sie zuckte zusammen und drehte sich um. Es war Urion. „Was fällt dir ein, mich so zu erschrecken? Das macht man nicht!"

Urions kugelförmiger Energiekörper färbte sich dunkel. Etwas, das Malu noch nie bei ihm gesehen hatte. „Was ist los?"

„Ich kenne diese Kälte. Hat das Wesen etwas gesagt?" Er klang besorgt.

„Das Ding hat gedroht, dass ich und alle anderen Sterne sich bald in Sternenstaub auflösen werden."

„Mh. Wie klang die Stimme?"

„Heiser und schrill."

„Ein Schattenwächter."

Malus Licht begann stärker zu pulsieren. „E-ein Schattenwächter? Hier in Strahlkraft?"

Urion nickte.

„Wie kann das sein? Wir müssen sofort das immerwährende Licht alarmieren!"

„Es weiß schon längst Bescheid. Es ist doch zu jeder Zeit überall. Komm, lass uns ein Stück schweben."

Sie spürte Widerwillen, als sie von der Wolke auf den hellen Lichtstrahl hinunterglitt, der zum Weltraumplateau führte. Sie hasste es, sich von ihrem angestammten Platz am Himmel zu entfernen. Die riesige graue, aus Meteoritengestein geformte Plattform war von ihrer Wolke gut zu sehen, aber lag so weit entfernt, dass sie sich noch nie dorthin getraut hatte.

Urion steuerte direkt darauf zu.

„Willst du wirklich dahin schweben? In die Richtung ist der Schattenwächter geflohen."

„Er ist längst weg. Und was soll er auch alleine gegen all die Sterne hier ausrichten?"

Malu nickte und schwebte an seine Seite. Sie musterte Urion heimlich. Er war mindestens fünf Mal so alt wie sie und bestimmt doppelt so groß. Außerdem hatte er sich als Stern bereits bewährt, denn das immerwährende Licht der Weisheit hatte ihn schon auf eine Reise geschickt.

Sie erreichten das Weltraumplateau.

„Ist dein erstes Mal hier, nicht wahr?"

„Wie kommst du denn darauf?"

„Du flimmerst. Ist es Neugier oder Furcht?"

„Natürlich Neugier", antwortete Malu schnell. Sie wollte nicht zugeben, dass sie sich bisher nie getraut hatte, sich so weit von ihrer Wolke zu entfernen.

Urion schwebte an den Rand des Plateaus und stoppte. „Setz dich neben mich. Ich will dir eine Geschichte erzählen, damit du verstehst, warum wir Sterne unsere Aufgaben erfüllen müssen."

Vorsichtig folgte sie ihm und ließ sich dicht neben ihm nieder. Vor ihnen breitete sich die unendliche Weite des Weltraums mit ihren unzähligen Himmelskörpern aus. Sie leuchteten vor dem schwarz-blauen Horizont in den unterschiedlichsten Farben: von Orange über Türkis und Lila bis Grün, und manche hatten sogar mehrere Farben.

„Also. Wie konnte der Schattenwächter bis hierher vordringen?"

„Über die Galaxienspirale." Urion deutete mit einem Lichtstrahl auf eine Anhäufung heller Lichter nicht weit entfernt. „Sie bringt uns in die entlegensten Winkel des Universums und von dort auch wieder zurück. Bisher hat es noch kein Schattenwächter gewagt, nach Strahlkraft zu kommen. Sie wissen, dass hier das Licht herrscht und die mutigsten Sterne wohnen. Dass er gekommen ist, ist kein gutes Zeichen."

„Was bedeutet es denn?"

„Lass mich dir die Geschichte vom Licht und der Finsternis erzählen. Vor langer Zeit herrschten das Licht und die Finsternis gleichberechtigt über das Universum. Doch dann erwachte Machtgier in der Finsternis. Sie erschuf die Schattenwächter und schickte sie zu allen Planeten aus, um den Bewohnern der Welten Angst zu machen und ihrem Willen zu unterwerfen. Auf diese

Weise kann die Finsternis über sie herrschen. Du hast ja gerade selbst erfahren, wie furchterregend die Begegnung mit so einem Schattenwächter sein kann. Doch das Licht durchschaute den Plan und erschuf Helfer, die das genaue Gegenteil der Schattenwächter sind. Es hauchte den Sternen in Strahlkraft Leben ein und schickte sie ebenfalls zu den Planeten. Die Sterne machen den Bewohnern Mut und helfen ihnen, ihre Träume zu verwirklichen."

Malu bemerkte, dass sich Urions Energiekörper aufhellte, während er die Geschichte erzählte. Sie war ebenso furchterregende wie hoffnungsvoll.

„Und dadurch schützen wir die Lebewesen vor der Angst, die die Schattenwächter ihnen einflüstern, und erhalten ihnen ihre Freiheit."

Malu nickte.

Urion wurde ernst. „Das Eindringen des Schattenwächters in Strahlkraft kann nur eines bedeuten: Die Finsternis ist stärker geworden und fordert das Licht zum finalen Kampf heraus. Aber das Licht wird mehr Sterne zu Planeten schicken, um den Bewohnern zu helfen."

Der Gedanke, dass das immerwährende Licht der Weisheit vielleicht auch sie bald losschicken könnte, ließ Malus Licht flackern. Sie wollte weder die kuscheligen Kristalle ihrer Wolke verlassen noch zu irgendeinem unbekannten Planeten aufbrechen und wer weiß was für eine Aufgabe erfüllen. Vor allem nicht, wenn sie dort mit einem Schattenwächter kämpfen sollte. Die Begegnung eben hatte ihr gereicht. „Müssen denn wirklich alle Sterne, die in Strahlkraft wohnen, eine Aufgabe auf einem fremden Planeten erfüllen?"

„Nur uns hat das Licht Leben eingehaucht, damit wir die Bewohner der vielen Planeten unterstützen können. Jeder Stern in Strahlkraft muss wenigstens einen Auftrag ausführen."

Malu betete, dass das immerwährende Licht der Weisheit sie noch lange verschonen würde.

„Als ich ein junger unerfahrener Stern war, konnte ich es kaum erwarten, auf Reisen zu gehen", berichtete Urion. „Endlich wegkommen von meinem angestammten Platz am Himmel und das Universum entdecken, meine Aufgabe erfüllen und ein vollwertiger Stern werden."

„Klingt spannend." Malu überlegte fieberhaft, ob es nicht irgendeine Möglichkeit gab, die Reise aufzuschieben. „Stimmt es wirklich, dass ein Stern sein Strahlen verliert, und sich in Sternenstaub auflöst, wenn er seine Aufgabe nicht vollendet?" Sie schaute Urion erwartungsvoll an.

Er räusperte sich „Das kommt nur sehr selten vor." Seine Stimme klang dumpf und nachdenklich.

„Also stimmt es?"

„Mach dir darüber mal keinen Kopf." Er berührte sie behutsam mit einem Energiestrahl.

„Was ist, wenn ich die Aufgabe überhaupt nicht mag?"

Urion leuchtete sanft. „Sobald das Licht dich getroffen hat, wirst du dir keine Gedanken mehr darüber machen, ob du deinen Auftrag magst oder nicht. Du wirst wissen, dass du es tun musst."

„Das verstehe ich nicht."

„Ich weiß, du musst es erleben. Komm, ich bring dich zurück zu deiner Wolke."

Sie machten sich auf den Rückweg.

Urion konnte ja denken, was er wollte. Aber ob sie ihre Aufgaben schaffen würde, wusste er nicht. Malu wollte auf keinen Fall als Sternenstaub enden! Vielleicht gab es ja eine Möglichkeit, dem immerwährenden Licht der Weisheit zu entkommen. „Wie findet das Licht eigentlich den richtigen Stern für eine Aufgabe?"

„Ich weiß nur, dass das Licht für jede Aufgabe den passenden Stern wählt, dass es gleichzeitig überall und nirgendwo und immer am richtigen Ort zur richtigen Zeit ist. Aber wie es das alles macht, das weiß ich nicht."

Wie konnte man denn überall und nirgendwo gleichzeitig sein und dann immer am richtigen Ort? Sie musterte Urion aus dem Augenwinkel. Er war uralt, wahrscheinlich der älteste Nachbarstern, den man haben konnte. Sein Funkeln schimmerte manchmal schon matt und milchig. Vielleicht beeinträchtigte das Alter auch seinen Verstand.

Sie passierten die Wolken einiger Nachbarsterne, grüßten sie freundlich und erreichten schließlich Malus Wolke.

„Bis zum nächsten Mal." Urion winkte ihr zum Abschied. Dann drehte er sich um und glitt über den Weg zu seinem angestammten Platz am Himmel.

Malu kuschelte sich in die flauschig weichen Staubkristalle der Wolke und versuchte eine gemütliche Kuhle hinein zu drücken, aber es gelang ihr nicht. Sie wälzte sich von der einen zur anderen Seite. Ihre Gedanken rasten wie ein Asteroidenschwarm umher. Gab es nicht irgendeine Möglichkeit, sich vor dem Licht zu verstecken? Es konnte nicht immer überall gleichzeitig sein. So ein Blödsinn! Sie schaute zu ihren Nachbarsternen.

Hell und stolz strahlten sie in das tiefe Schwarz des Universums. Ihr Funkeln konnte man wohl bis in die entferntesten Ecken des Weltraums sehen.

„Moment mal", flüsterte sie. „Was wäre, wenn ich im Meer der Sterne untergehe? Ich könnte doch etwas unauffälliger leuchten als der Rest. Vielleicht sieht mich das immerwährende Licht der Weisheit dann nicht."

Das war eine brillante Idee! Sie konzentrierte sich auf ihr Licht und dimmte es ein wenig. Komisch fühlte sich das an, als ob sie bewusst einen Teil ihrer Kraft abgegeben hätte. Aber wenn das Licht sie so übersah und sie um die Aufgabe herumkam, war es das wert. Malu gähnte und seufzte zufrieden. Die Kristalle fühlten sich auf einmal wieder kuschelig weich an. Sie ließ ihren Körper in sie hinein sinken und wie von selbst entstand eine Kuhle. Dann döste sie ein.

„Brrrrrrrr." Plötzlich begann ihre Wolke zu beben. Malu schoss schlagartig hoch und versuchte herauszufinden, was los war. Die Kristalle fingen an zu klirren, als ob die Wolke jeden Augenblick auseinander bersten würden. Panisch schaute sie sich um. Sie wurde heftig durchgeschüttelt. Alles bebte, dröhnte und donnerte, als befände sie sich mitten in einem Sonnensturm. Sie sah ein grelles Blitzen in der Ferne aufflackern und ein Licht auf sich zu rasen. Es zog einen langen Schweif aus Feuer und Funken hinter sich her. Es kam näher und näher. Gleich würde es sie treffen.

2. Kapitel

„Dann begriff er es, schloss die Augen und kostete den Moment ganz aus."

„Patz." Etwas traf Geronimo am Hinterkopf. Er drehte sich um. Ben setzte sein schäbigstes Lächeln auf. Er hatte die Kapuze des schwarzen Pullis über die blonden Haare gezogen und schaute ihn finster aus dunkelbraunen Augen an. Zwischen Daumen und Zeigefinger hatte er einen Gummi gespannt, mit dem er sorgsam gefaltete Papiermunition auf Geronimo abschoss. Der Typ hatte keine Skrupel. Nicht mal, dass Geronimo neben Frau Ledermüller saß, hielt ihn ab. Ben gab Lukas High-Five.

Ist klar, dass sich die fette Kröte mit ihm freut, dachte Geronimo. Er schaute nach vorn und beschloss, die beiden zu ignorieren. *Spätestens nach Treffer Nummer fünf wird ihnen langweilig und sie suchen sich ein anderes Opfer,* hoffte er.

Der weiße Samtteppich in der Manege schimmerte im Scheinwerferlicht. Das Aroma verschiedener Parfumnoten mischte sich mit dem Duft von Zuckerwatte und Popcorn. Endlich war er im Zirkus. Sein Vater hatte ihm ausdrücklich verboten, hinzugehen. Das hätte auch für den Wandertag gegolten. Deshalb hatte Geronimo ihm den Informationszettel für die Eltern gar nicht erst gezeigt.

„Plopp." Diesmal hatten sie seinen Nacken erwischt. Gelächter ertönte hinter ihm. „Einfach nichts anmerken lassen", flüsterte er sich selbst zu. Trommelwirbel dröhnte in seinen Ohren und gipfelte in einem donnernden Paukenschlag. Ein Mann trat vor den roten Samtvorhang ins Scheinwerferlicht. Die schwarze Samthose glänzte im Lichtkegel. Darüber trug er ein weißes Hemd mit grüner Fliege und eine rote Weste. An den Seiten des Zylinders quollen kräftige schwarze Locken hervor, die über die Ohren reichten und fast seine Augenbrauen berührten.

Dieser Auftritt flößte Geronimo Respekt ein und gleichzeitig strahlte der Mann Freundlichkeit und Milde aus.

„Herzlich willkommen im Zirkus Salmone", dröhnte die kräftige tiefe Stimme aus den Lautsprechern.

Geronimo presste die Handflächen unter die Oberschenkel. Endlich ging es los!

„Mein Name ist Mario Salmone. Ich bin der Direktor des Zirkus Salmone und entführe euch, liebe Kinder, und Sie, meine verehrten Damen und Herren, in eine Welt voll anmutiger Akrobatik und atemberaubender Artistik." Er zog den Zylinder vom Kopf und verbeugte sich.

Beifall brandete auf. Geronimo klatschte begeistert mit.

„Wir beginnen mit dem Auftritt unserer bezaubernden und betörenden Cecile."

Der Direktor verneigte sich und verschwand hinter dem Vorhang. Dezente Flötenmusik säuselte von der Orchestertribüne hinüber. Das Licht wechselte von Weiß zu Blau und Grün. Der Vorhang öffnete sich. Geronimo beobachtete, wie zwei vollkommen in Schwarz gekleidete Frauen einen runden, mannshohen, aus Zweigen geflochtenen Korb in die Mitte der Manege rollten. Sie richteten ihn auf und eilten zurück hinter den Vorhang. Das Licht der Scheinwerfer schwenkte auf den Korb. Eine einzelne Flöte begann, eine eindringliche, fast schon hypnotisierende Melodie zu spielen. Geronimo schloss die Augen und lauschte. Als ihm schummrig wurde, öffnete er sie wieder. Geschmeidig hob sich der Deckel vom Korb. Cecil schwang sich mit einer eleganten

Bewegung auf den Rand. Ihr hautenges, schwarz-gelbes Kostüm erinnerte ihn an die Mangroven-Nachtbaumnatter, die er in einem Buch über Schlangen gesehen hatte. Graziös schlängelte sie sich am Rand des Korbs entlang, bis sie ihn einmal vollständig umrundet hatte. Dann richtete sie sich mit einer fließenden Bewegung auf. Drei Rückwärtssalti aus dem Stand folgten. Sie verharrte im Handstand.

Geronimo hielt den Atem an. Gebannt starrte er auf ihre Hände und ihren Körper. Cecile bewegte sich keinen Millimeter. Nun begann sie mit den Händen auf dem Korbrand entlang zu laufen, kam wieder auf die Füße und schlug zwei Räder hintereinander. Sie stand einen Moment lang reglos. Kein Laut war in der Manege zu hören. Dann holte sie Schwung und machte einen Rückwärtssalto.

Geronimo konnte es nicht fassen, dass jemand seinen Körper so beherrschte. Wie war es möglich, auf dem schmalen Rand des Korbs solche Kunststücke zu vollbringen?

Er schloss langsam den Mund und schlug die Handflächen erst zögerlich, dann voller Begeisterung aneinander. Applaus donnerte von den Rängen in die Manege.

„Bravo!" und „Unglaublich!", johlten die Zuschauer.

„Mega gut!", rief Geronimo Cecile zu.

Sie verbeugte sich in alle Richtungen, verschwand grazil im Korb und verschloss ihn wieder. Die beiden Frauen in Schwarz legten ihn auf die Seite und rollten ihn hinter den Vorhang zurück.

Mario Salmone betrat erneut die Manege. „Unser nächster Künstler ist niemand Geringeres als der weltberühmte Messerwerfer Marko Mansini. Seht, zu welcher Treffsicherheit und Virtuosität es ein Mensch durch jahrzehntelange Übung bringen kann."

Die Trommler hämmerten auf ihre Instrumente ein. Ein Paukenschlag ließ das Zelt erzittern. Mario Salmone riss den Vorhang zur Seite und ein Koloss von einem Mann betrat die Manege.

Mansinis Kopf war kahlgeschoren. Das Licht spiegelte sich auf seiner Glatze. Er trug eine dunkelrote Hose, ein schwarzes Hemd und weiße Hosenträger.

Die Zuschauer und Zuschauerinnen begannen zu jubeln und zu johlen.

Geronimo starrte auf die Pranken des Mannes. Kraft hatte Mansini ohne Zweifel, aber würde er auch treffen können? Das musste der Messerwerfer erst beweisen.

Nun schoben Mansinis Assistenten eine große schwarze Holzwand, an der Luftballons befestigt waren, herein. Die Luftballons drehten sich wild im Kreis. Außerdem wurde ein Tisch, auf dem Messer mit feuerroten Griffen und silberglänzenden Klingen lagen, in die Manege gerollt. Mansini legte sich mit äußerster Ruhe und Sorgfalt zwölf Messer auf dem Tisch zurecht. Danach fixierte er die zwölf Luftballons, legte den Zeigefinger auf den Mund und schaute eindringlich zu den Rängen. Es wurde still. Die Härchen auf Geronimos Armen richteten sich auf. Er krallte sich mit den Händen an der Bank fest. Die Luft flimmerte förmlich vor Spannung.Mansini griff blitzschnell nach dem ersten Messer. Feuerte es ab. Treffer. Nahm pfeilschnell das zweite Messer. Warf es. Treffer. Nacheinander schleuderte er die restlichen zehn Messer. Die roten Griffe und die silbernen Klingen verschmolzen miteinander, so schnell warf er. Sie sahen beinahe aus wie feurige Pfeile und ließen keinen Ballon am Leben.

„Alle getroffen", staunte Geronimo. Mansini war eine lebende Maschine – kein Zweifel.

„Wahnsinn" brüllte der Zuschauer neben ihm.

Beifall brach aus. Geronimos Begeisterung entlud sich in wildem Klatschen, bis seine Hände brannten. Unter ihm bebte die Sitzbank vom Getrampel der Menge.

Mansini hob die Arme, verneigte sich nach allen Seiten und lief lässig zurück hinter den Vorhang, vor den nun wieder Mario Salmone trat.

„Nun, mein hochverehrtes Publikum, nähern wir uns dem Höhepunkt des Abends", verkündete er. „Astan der Unglaubliche wird Ihnen ein Kunststück präsentieren, das Sie nicht einmal in Ihren kühnsten Träumen für möglich halten würden. Er wird mit Hilfe eines Sprungtuchs nicht fünf, sechs, sieben, acht oder neun, sondern zehn Vorwärtssalti hintereinander in der Luft vollführen."

Geronimo ließ die Worte auf sich wirken, schaute zur Decke des Zelts und überlegte, wie hoch dieser Astan wohl springen musste, um das zu schaffen.

„Plop." Es zwickte an seinem Ohr. Mist. Sie hatten immer noch nicht aufgegeben. „Einfach nicht darauf einlassen", sagte Geronimo leise und richtete seinen Blick auf den Direktor.

Der trat zur Seite und der Vorhang öffnete sich. Ein junger Mann in einem goldglänzenden, langärmligen Shirt und schwarzer Stoffhose rannte in die Manege. Das Oberteil spannte über den muskulösen Armen und Schultern. Sein Haar war kurzgeschoren und seine Wangenknochen stachen so markant hervor, dass Geronimo sie sogar von hier oben sehen konnte. Astan wurde von fünfzehn Helferinnen und Helfern begleitet, die ein riesiges Sprungtuch entfalteten und spannten. Er stieg gelassen auf das Tuch und fing an zu springen und Schwung zu holen.

Geronimos Handflächen wurden feucht. Er wischte sie an der Hose ab, aber es half nichts. Als er schluckte, fühlte sich sein Hals an, als sei ein Stück Apfel darin stecken geblieben.

Mit jedem Sprung katapultierte sich Astan höher in die Luft. Seine Assistenten zogen und federten mit dem Tuch, was ihm zusätzlichen Schwung verlieh. Höher und höher stieg er empor.

Geronimo traute sich nicht zu atmen. Stille breitete sich auf den Plätzen aus. Nicht einmal das Knistern einer Popcorntüte war zu hören – nur das Geräusch des sich spannenden Sprungtuchs, wenn Astan es mit seinen Füßen berührte. Wieder ging er in die Knie, sprang empor und erreichte fast die Zeltdecke. Zaghafter Trommelwirbel setzte ein, und Geronimo bekam Gänsehaut auf den Armen. Astan sauste mit rasendem Tempo auf das Sprungtuch herab, holte Schwung, schoss nach oben, drehte sich nach vorn und wirbelte wie eine schwarz-goldene Kugel durch die Luft. Geronimo platzte fast vor Aufregung, bohrte die Fingernägel unwillkürlich in die Handflächen und ballte die Fäuste so heftig, dass seine Arme bebten.

„Sieben, acht, neun, zehn!", zählte Mario Salmone mit.

Astan hatte es geschafft! Geronimo sprang auf, trampelte mit den Füßen und klatschte wie besessen. „Wahnsinn!", schrie er, so laut er konnte, und „Unglaublich!". Seine Stimme ging im frenetischen Klatschen der Masse unter. Eine Welle aus Glück schwemmte Geronimos Rücken und die Arme hinunter. Er lachte laut, konnte nicht aufhören zu klatschen, und rief immer wieder „Bravo!". Dann stockte er und plumpste zurück in seinen Sitz. Er fühlte eine tiefe Sehnsucht in seinem Herz. „Das will ich auch können", sagte er leise. „Genau das will ich auch machen: die Menschen mit meinen Kunststücken begeistern." Es wurde still in ihm. Ein unbekanntes Gefühl breitete sich in ihm aus. Er fand kein Wort dafür. Dann begriff er es, schloss die Augen und kostete den Moment ganz aus: Hier gehörte er hin, hier fühlte er sich zuhause.

Klatsch! Er spürte ein Brennen im Nacken.

„Na, biste eingepennt?", hörte er Bens Stimme hinter sich. „Immer schön auf der Hut sein, Gero."

3. Kapitel

„Es geht darum, genug Mut aufzubringen und trotz der Furcht auf die Reise zu gehen."

Das Licht sauste direkt auf Malu zu. Kleine Energiestöße durchfuhren sie, so sehr fürchtete sie sich. Dann traf das Licht sie. Wärme, Stille, Leichtigkeit und Klarheit durchströmten sie. Eine sanfte und gleichzeitig kraftvolle Stimme sprach zu ihr: „Reise zur Erde! Hilf einem Jungen, seinen Lebenstraum zu verwirklichen."

Das Licht schenkte ihr Wissen über die Erde und über die Menschen und ihre Lebensweise und auch über die Tiere und Pflanzen und was sie zum Leben brauchten. Es schenkte ihr die Gabe, sich mit ihrem inneren Licht zu verbinden, und das Wissen, wie sie sich vor den Schattenwächtern schützen konnte. Es verlieh Malu auch die Fähigkeit zu lesen und zu schreiben. „Das Wichtigste aber", raunte die Stimme, „ist die Kunst, Licht und Finsternis in den Menschen zu erkennen. Damit du findest, wen du suchst. Und vergiss nicht: Du trägst einen Teil meines Lichtes in dir und bist nie allein."

Dann zog es weiter. Die Wärme und die Stille in Malu wichen überwältigender Müdigkeit. Immer tiefer sank sie in die Kristalle der Wolke und schlief schließlich ein.

Malu wusste nicht, wie viel Zeit vergangen war, als sie wieder erwachte. Die Sterne um sie herum strahlten auf ihren Plätzen. Alles war so wie immer und doch war alles anders. Die Stille und Wärme waren dahin. Angst vor dem, was sie erwartete, breitete sich in ihr aus. In Gedanken sah Malu, wie ein Schattenwächter sie mit aller Macht daran hinderte, ihre Aufgabe zu erfüllen. Wie sie versagte, ihr Licht verlor und schließlich zu Sternenstaub zerfiel. *Was ist, wenn ich es nicht schaffe?* Sie drückte sich tiefer in die kuscheligen Kristalle ihrer Staubwolke und wusste instinktiv, dass das für eine lange Zeit das letzte Mal sein würde. Die Begegnung mit dem Licht hatte sie verändert, wie Urion es prophezeit hatte. Sie spürte im Innersten, dass es ihre Bestimmung war, anderen Lebewesen zu helfen. Sie musste einfach aufbrechen, auch wenn sie eigentlich nicht wollte, weil sie sich fürchtete. Aber wo würde ihre Reise beginnen? Es gab nur einen Ort, der ihr geeignet schien: das Weltraumplateau. Von dort aus konnte sie ins ganze Universum schauen, und weiter hatte sie sich nie von ihrer Wolke entfernt. Zögerlich kletterte sie von der Wolke und schwebte in Richtung des Plateaus. Zwei andere Sterne blickten am Rand der ebenen Fläche in die unendliche Weite des Universums hinaus. Sie stoppte am Rand. Ein Meer aus funkelnden Sternen und schimmernden Kristallen tat sich vor ihr auf. Rot, Gelb, Grün, Blau, Lila, Violett und Orange. Alle nur erdenklichen Farben konnte sie darin finden.

„Finsternis", flüsterte sie und spürte, wie Kälte sich in ihr ausbreitete. Sie versuchte, sie abzuschütteln, aber es wollte ihr nicht gelingen. Nichts war mehr zu spüren von der Liebe, der Stille und der Klarheit, die sie noch durchströmt hatten, als das Licht sie berührte. Sicherlich sollte sie vor Mut und Begeisterung nur so strotzen. Aber sie fühlte nichts davon. *Vielleicht ist noch nicht der richtige Zeitpunkt, um aufzubrechen,* riet ihr eine zaghafte Stimme in ihren Gedanken. Vielleicht hatte das Licht ja den falschen Stern für die Aufgabe ausgewählt. War ihre fehlende Entschlossenheit nicht Beweis genug?

Ganz langsam stand sie auf, drehte sich um und zuckte zusammen. Urion stand vor ihr und lächelte sie freundlich an.

„Ich habe dir erzählt, dass ich es damals kaum abwarten konnte, los zu reisen. Aber als ich dann am Rand des Weltraumplateaus stand, habe ich fürchterliche Angst bekommen. Ich dachte, dass ich meiner Aufgabe nicht gewachsen war, wollte zurück zu meiner Wolke und es später noch einmal versuchen. Ich drehte mich um und da stand ein alter Nachbarstern direkt hinter mir." Er lächelte milde. „Jeder, der behauptet, keine Angst vor so einer Reise zu haben, lügt. Es geht nicht darum, keine Furcht zu haben. Es geht darum, genug Mut aufzubringen und trotz der Furcht auf die Reise zu gehen." Er leuchtete rosa und berührte Malu mit einem Energiestrahl.

Sie spürte die Wärme, die von ihm ausging. „Ich werde dich vermissen, Urion."

„Ich dich auch, mein Lieblingsstern. Und ich warte auf dich, versprochen."

Sie schwebte zum äußersten Rand. Dort stoppte sie und blickte zur Weltraumspirale, die in der Ferne abwechselnd grün und rot blinkte. Sie spürte Widerstand in jedem Lichtstrahl, nahm allen Mut zusammen, den sie in der Tiefe ihres Energiekörpers finden konnte, und schwebte mit einem Ruck über den Rand hinaus.

Zwei Sterne warteten am Eingang der Galaxienspirale. Der jüngere der beiden hatte etwa Malus Größe und war vermutlich so alt wie sie. Sein Licht flackerte unruhig. Der ältere große Stern strahlte klar und gleichmäßig. Malu betrachtete das riesige, auf den Kopf gestellte U aus durchsichtigem Kristall. Es führte in eine Spirale, die in einem gewaltigen Loch mündete.

„Keine Angst, es schaut schlimmer aus, als es ist. Ins schwarze Nichts zu rutschen macht Spaß!", meinte der ältere Stern.

„Sicher? Sieht so aus, als ob man da reinstürzt."

„Ich würde eher sagen, man wird hineingeschleudert."

„Hi-hineingeschleudert?", flüsterte Malu.

„Wenn der Kristall grün aufleuchtet, springst du in die Spirale und rufst den Namen deines Zielplaneten. Dann rutschst du die sieben Windungen hinunter, erreichst Lichtgeschwindigkeit und schießt durch das schwarze Loch in die Galaxie, in der dein Zielplanet liegt."

„A-A-Aha", stotterte sie ängstlich.

„Wie funktioniert das mit dem Landen?", fragte der junge Stern.

„Da gibt es keine Anleitung. Es ist jedes Mal anders. Ihr schafft das schon. Müsst ihr auch, es geht schließlich um eure Aufgabe. Ihr wollt doch richtige Sterne werden, oder?"

Mehr als ein verunsichert „Ja", brachte Malu nicht hervor.

„Na-Natürlich", flüsterte der junge Stern.

Der Eingang der Galaxienspirale leuchtete grün auf. Malu beobachtete, wie der junge Stern zögerlich auf die Öffnung zu schwebte und sich zaghaft an den Rand der Spirale vorwagte. Mit einem schrillen Schrei flog er schließlich in die Röhre. „Kalisseus!", brüllte er heiser. Mit jeder Kurve gewann er an Geschwindigkeit, raste ins schwarze Loch, blitzte hell auf und verschwand. Das U färbte sich rot.

„Ich muss warten, damit genügend Abstand zwischen uns liegt", erklärte der Ältere. „Wenn wir zusammenstoßen, kommen wir vom Kurs ab und landen wer weiß wo."

Malu wurde nervös. „Kommen denn viele Sterne vom Kurs ab?"

„Das weiß ich nicht. Ich schätze, wenn es passiert, sieht man sie nie wieder und deshalb gibt es auch keine Berichte davon."

Das war ja schlimmer, als sie befürchtet hatte.

Grünes Licht blinkte auf. „Alles Gute dir." Der ältere Stern sprang, ohne sich umzuschauen. „Gammarion!", rief er laut und verschwand mit einem Blitz im dunklen Nichts. Die Farbe wechselte auf Rot.

Malu starrte in das schwarze Loch. Ihre Gedanken rasten wie ein Schwarm Sternschnuppen: Was passiert, wenn ich in der Röhre stecken bleibe? Grün. *Vielleicht ist heute nicht der richtige Zeitpunkt*, erklärte ihr die zaghafte Stimme von vorhin. Wie von selbst drehte sie sich um und schwebte langsam von der Spirale weg in Richtung des Plateaus. *Vielleicht kommen wir morgen wieder*, sagte die Stimme zufrieden. *Heute ist sicher nicht der richtige Tag.* Malu stoppte und schüttelte sich. Natürlich! Die Angst sprach zu ihr. Es fühlte sich an, als ob sie recht hätte, aber das hatte sie nicht! Sie musste es einfach versuchen, sonst würde sie sich in Sternenstaub auflösen. Außerdem hatte Urion ihr doch versichert, dass nur wenige Sterne scheiterten.

„Nein, nein und noch mal nein! Es ist nur Furcht!", sagte sie laut. „Und das ist beim ersten Mal ganz normal. Jetzt kommt es darauf an, dass ich etwas mehr Mut in mir finde!"

Sie atmete tief durch und drehte sich langsam um, auch wenn jeder noch so kleine Teil von ihr sich dagegen sträubte. „Trotzdem auf die Reise gehen", redete sie sich gut zu. Nahm Tempo auf. So viel Tempo, dass sie nicht mehr umkehren konnte. Als das grüne Licht an ihr vorbei sauste, schrie sie laut. Sie schoss die Röhre entlang. Schneller. Immer schneller. Sie fühlte Rappeln und Ruckeln und es blitzte von allen Seiten. „Erde!", rief sie im letzten Moment und spürte, wie sie in eine Richtung gezogen wurde.

4. Kapitel

„Vielleicht gibt es da oben einen Stern, der nur für mich strahlt. Ein Stern, der mir den Weg leuchten kann."

Geronimo schob einige Erbsen auf die Gabel und steckte sie sich in den Mund. Eigentlich hatte er keinen Hunger, aber er wollte Albert den Gefallen tun.

„Hast du schon alle Hausaufgaben gemacht?"

Geronimo nickte abwesend. In Gedanken sah er Astan durch die Luft sausen und zehn Vorwärtssalti schlagen. Er spürte ein Kribbeln in seinem Bauch und seine Hände wurden feucht. Jetzt war der Zeitpunkt gekommen, wo er es ansprechen wollte. Er hatte im Internet recherchiert und gefunden, was er suchte.

„Es gibt einen Turnverein in unserer Stadt. Die haben auch eine Trainingsgruppe für Artistik und Akrobatik."

„Schön, das wusste ich gar nicht."

„Ich würde gerne eintreten", sagte Geronimo zögerlich.

Albert hörte auf zu kauen, richtete sich auf und schluckte den Bissen hinunter. Geronimo glaubte zu hören, wie er Alberts Hals hinunter rutschte und dort stecken blieb.

Albert hustete, trank hastig einen Schluck Wasser, klopfte sich auf die Brust und versuchte, etwas zu sagen. Es gelang ihm nicht. Er trank noch einen Schluck Wasser und hustete wieder. Sein Kopf lief leicht rot an. Mit großer Mühe presste er die Worte über die Lippen: „Auf keinen Fall."

„Warum nicht?!"

Albert musterte ihn. „Ich möchte nicht, dass du in diesem Ton mit mir sprichst!"

Geronimo ballte die Fäuste unter dem Tisch, biss die Zähne zusammen und spürte das Blut in seinen Schläfen pulsieren. Er wusste, dass er nur mehr Widerstand provozierte, wenn er sich jetzt nicht beherrschen konnte. „Warum nicht?", fragte er ruhiger, aber immer noch bestimmt.

„Weil das nirgendwo hinführt", antwortete Albert knapp, nahm das Glas in die Hand und trank einen weiteren Schluck Wasser.

„Was meinst du mit *nirgendwo hinführt*?" Er konnte das Beben in seiner Stimme nicht ganz unterdrücken.

„Ich sehe nicht, dass dir das in der Schule einen Vorteil bringt. Außerdem gehst du doch schon in die Turn AG und hast eine super Körperbeherrschung auf dem Reck, am Barren und auf dem Trampolin. Da brauchst du keine weitere Übung. In Deutsch, Mathe, Physik und Geschichte sieht das anders aus."

„Aber was ist, wenn ich später Artist werden will? Dann führt das wohin", sprudelte es aus Geronimo heraus.

Alberts Augen weiteten sich. „So ein Unfug! Artist werden. Das ist doch kein richtiger Beruf. Kein sicheres Einkommen, kein festes Zuhause, keine Vorsorge für das Alter. Wenn du dich verletzt, ist alles vorbei." Die Härte in Alberts Worten zeigte Geronimo, dass es keinen Verhandlungsspielraum gab. Sie trafen ihn wie Pfeile ins Herz. Er wankte nach hinten. Es fühlte sich an, als ob alle Energie aus ihm hinausfließen würde. Er brauchte einige Sekunden, um sich wieder zu fangen.

„Aber was ist, wenn mir das gar nicht wichtig ist? Ein sicheres Einkommen und ein festes Zuhause?"

Alberts rechtes Augenlid zuckte. „Wa-was ist denn los mit dir? Warum reicht es nicht, dass du zweimal in der Woche turnen darfst?"

„Ich will Artist werden und im Zirkus auftreten, genauso wie Astan." *Hatte er das wirklich gesagt?* Er biss sich auf die Lippe.

Albert richtete sich auf und kniff die Augen zusammen. „Wie bitte?"

Geronimo senkte den Kopf. Es hatte keinen Sinn, Albert jetzt noch etwas vorzumachen, spätestens auf dem nächsten Elternabend würde er es sowieso erfahren. „Wir sind am Wandertag in einen Zirkus gegangen."

Albert schüttelte den Kopf und schlug mit der Hand auf den Tisch. „Wir hatten doch besprochen, dass Zirkusse Tabu sind! Warum habe ich das Informationsschreiben nicht bekommen?"

„Weil ich es dir nicht gegeben habe. Du hättest mir niemals erlaubt, in den Zirkus zu gehen und ich verstehe einfach nicht, was so schlimm daran ist!"

„Es ist pädagogisch nicht sinnvoll, irgendwem dabei zuzuschauen, wie er zur Belustigung des Publikums Hampeleien aufführt."

„Das sind Artisten und sie führen Kunststücke auf, keine Hampeleien", antwortete Geronimo trotzig.

„Ich bin enttäuscht von dir. Du hältst einfach Informationen vor mir zurück. Wie kann ich dir überhaupt noch vertrauen? Deine Mutter und ich arbeiten jeden Tag hart dafür, dir die bestmögliche Ausbildung zu finanzieren, mit dir in den Urlaub zu fahren und dir anständige Kleidung zu kaufen. Ist das der Dank dafür? Glaubst du, deine Mutter hat einen Job angenommen, bei dem sie ständig auf Dienstreisen ist, damit du Artist wirst und durch die Weltgeschichte düst?" Er schnaufte. Dann lachte er, als ob jemand einen guten Witz gemacht hätte. „Auf keinen Fall. Den Turnverein kannst du vergessen!"

Geronimo senkte den Kopf. Wie konnte er nur so undankbar sein? Die beiden arbeiteten wirklich viel.

„Ich meine es nicht böse, Geronimo. Aber solche Gedanken führen dich in die Irre. Irgendwann zerschellen sie einfach wie eine Welle auf Felsen und dann holt dich die Realität auf den Boden zurück. Das will ich dir ersparen. Glaub mir, eines Tages wirst du mir dankbar sein."

Geronimos Herz schien vor Schmerz bersten zu wollen. Er kämpfte gegen die Tränen an. Auf keinen Fall wollte er jetzt vor Albert weinen. Er nahm das Wasserglas und trank es aus. Das Wasser schmeckte fad.

„Darf ich auf mein Zimmer gehen? Ich bin müde." Er bemühte sich, seine Stimme fest klingen zu lassen.

„Vergiss nicht, deine Zähne zu putzen." Albert streichelte ihm über die Wange. „Ich meine es nur gut."

Geronimo stand auf, ging durch den Flur und die Treppe hinauf. Jetzt ließen sich die Tränen nicht mehr zurückhalten. Er wischte sie weg, aber es hatte keinen Sinn. Es kamen immer wieder neue nach. Er schluchzte, so leise er konnte. Albert sollte ihn nicht hören. Sein Kehlkopf fühlte sich geschwollen an und tat beim Schlucken weh. Im Badezimmer spuckte er ins Waschbecken. Ihm war übel, und für eine Weile fürchtete er, sich übergeben zu müssen. Als es vorüber ging, machte er sich fertig fürs Schlafen. Er kroch ins Bett und stülpte sich die Decke über den Kopf. Sein Herz schmerzte bei jedem Schlag. Er umschlang die Beine mit seinen Armen, als könnte er sich damit schützen.

Er hatte sich oft einsam gefühlt, aber jetzt gerade war es nicht zum Aushalten. Gab es denn nirgendwo Trost oder Hoffnung für

ihn? Durchs Fenster fiel Mondlicht. Er hatte vergessen, die Vorhänge zu schließen. Das Licht war so schön. Geronimo setzte sich
aufs Fensterbrett und schaute in den Himmel. Die Sterne funkel-
ten wie ein Meer glitzernder Kristalle. Still und friedlich. Sein
Herz fühlte sich ein wenig leichter an. Er wischte die Tränen mit
dem Handrücken weg.

„Vielleicht gibt es da oben einen Stern, der nur für mich strahlt.
Ein Stern, der mir den Weg leuchten kann." Er musste lächeln, als
ihm eine Idee kam. Er öffnete die Schreibtischschublade, nahm
seine bunten Bälle heraus und begann sie durch seine Hände gleiten zu lassen. Heute Abend wollte er für die Sterne jonglieren.

5. Kapitel

„Wo bin ich?", flüsterte Malu und schaute sich um.

Rasend schnell schoss Malu in das schwarze Loch hinein. Leuchtende Strudel und Wirbel jagten an ihr vorbei. Um sie herum blitzte es und Funken sprühten. Es donnerte und grollte. Sie spürte die geballte Energie, als sie in einen der Wirbel hineingezogen wurde. Alles ging so schnell, dass ihr keine Zeit zum Angsthaben blieb. Sie sah Wände aus pulsierendem Licht, drehte sich unentwegt, dass ihr ganz übel wurde und sie die Orientierung verlor. Sie wusste nicht mehr, wo oben und wo unten war. Der Tunnel schien nicht zu enden. Dann sah sie plötzlich einen schwarzen Punkt. Das musste das Ende des Tunnels sein! Sie rauschte hindurch und wurde ins Weltall geschleudert.

Sie fühlte sich schwindelig und benommen. Direkt vor ihr hob sich ein riesiger Planet vom Hintergrund des Weltalls ab. „Der Blaue Planet", flüsterte Malu und erinnerte sich an die Bilder, die ihr das immerwährende Licht der Weisheit von der Erde geschenkt hatte. Wie ging es jetzt weiter?

Ein Brocken, dreimal so groß wie sie, rauschte an ihr vorbei. Zwei weitere folgten dicht dahinter. Da kamen noch mehr. Ein Feld aus Trümmern jagte auf sie zu. Manche winzig, manche riesig. Ihr blieb keine Zeit zum Nachdenken. Sie schlug einen Haken nach rechts und wich einem mächtigen Stein aus. Dann warf sie sich nach links und brachte sich vor einem anderen Brocken in Sicherheit. Doch schon war der nächste da. Malu preschte nach oben. Sie erspähte einen weiteren Felsblock und flog erneut nach oben, um ihm zu entkommen. Doch der Asteroid wechselte schlagartig seinen Kurs und flog direkt auf sie zu. Eisige Kälte erfasste sie. Je näher das Ding kam, desto schlimmer wurde ihre Angst. Sie machte einen letzten verzweifelten Haken nach links. Der Steinblock zog nach. „Gleich habe ich dich", rief ihr Verfolger mit heiserer, schriller Stimme.

Der Schattenwächter aus Strahlkraft, schoss ihr durch den Kopf. Ein stechender Schmerz durchfuhr Malu, als er sie rammte. Die Wucht brachte sie ins Straucheln und schleuderte sie von der Erde weg. „Nein!" Sie stemmte sich mit aller Kraft dagegen und versuchte verzweifelt, wieder in eine stabile Flugbahn zu kommen. Aber die Kräfte verließen sie. Malu wirbelte durch die Luft.

„Ich nehme dir deine Energie. Bald ist nur noch Sternenstaub von dir übrig!", brüllte der Schattenwächter.

Sie spürte, wie er die Energie aus ihr saugte und Teile des Wissens, das ihr das Licht geschenkt hatte. Sie dachte an Urion und ihre Wolke und daran, dass sie beide nie mehr wieder sehen würde. Es wurde dunkel um sie herum. Für einen Augenblick glaubte sie, ein helles Licht im hintersten Winkel des Universums zu erkennen. Aber dann war es auch schon wieder fort. Nein, sie war ganz allein.

Plötzlich wurde sie von Licht und Wärme umhüllt.

„Ich bringe dich an einen sicheren Ort auf der Erde", hörte Malu die Stimme des immerwährendes Lichts der Weisheit sagen, „dort kannst du in Ruhe ankommen."

„Was geschieht hier?", schrie der Schattenwächter. „So leicht kommst du mir nicht davon. Wir sehen uns auf der Erde, kleiner Stern, aber du wirst dich nicht mehr an mich erinnern und dich nicht gegen mich wehren können. Das Wissen darüber habe ich dir schon genommen."

Sie hörte sein dunkles Lachen. Malu fühlte sich schwach. Die Konturen um sie herum verschwammen. Dann verlor sie das Bewusstsein.

„Wo bin ich?", flüsterte Malu und schaute sich um. Pochender Schmerz pulsierte in ihrem Körper. *Stimmt. Der Zusammenprall mit dem Asteroiden.* Aber wie das geschehen war, brachte sie nicht mehr zusammen. Ein riesiges Loch klaffte in ihrer Erinnerung.

Dämmriges Licht umgab sie. Irgendwie fühlte sich alles merkwürdig an. Sie spürte den Boden unter sich auf eine Art, die sie bisher nicht kannte. Es kam ihr vor, als ob sie auf einmal eine feste Form besäße. Sie blickte an sich hinunter und erschrak. Tatsächlich! Umrisse eines langgezogenen Körpers. Mit länglichen Dingern an den Seiten und am Ende. Ihr wurde heiß und etwas in ihr begann in schnellem Tempo zu wummern. Was war nur geschehen? Dann erinnerte sie sich an das Wissen, das ihr das Licht geschenkt hatte. In ihren Gedanken formte sich das Bild eines Menschen. Natürlich! Sie war eine von ihnen geworden. Malu betrachtete die Ausstülpungen an der Seite und spielte mit den kleinen Dingern an deren Ende. „Arme und Hände mit Fingern", flüsterte sie. Die langen Fäden ganz oben mussten Haare sein. Sie strich über ihren Brustkorb, fühlte ihren Herzschlag, tastete den Bauch und die Beine bis zu den Zehen ab. Und da war noch was. Weich und kuschelig. Es gehörte nicht zu ihrem Körper. Sie trug es darüber. Ein dunkelbraunes Kleid, das bis zu ihren Knien reichte.

Sie schaute sich um. Über ihr und neben ihr ragten Wände in die Höhe. Es fühlte sich eingeschränkt an, die Umgebung durch zwei Augen wahrzunehmen. Als Stern hatte sie etwas gesehen und es gleichzeitig intensiv gefühlt.

Sie versuchte, sich in voller Länge auf dem Boden auszustrecken, aber die Höhle, in der sie sich befand, war schmal. Als sie die Wände berührte, wusste sie, dass es die Rinde eines Baumes war. Seltsame Geräusche drangen hinein. Sie schaute nach oben. Helles Licht schien durch eine runde Öffnung. Das tat weh! Malu blinzelte. Sie hielt sich die Hände vor die Augen. Dann ließ sie diese wieder sinken und betrachtete sie. Plötzlich drangen Geräuschfetzen zu ihr. Es schienen einzelne Laute zu sein.

„Hallo!", rief Malu.

Keine Antwort.

„Ist da jemand?"

Nichts.

„Mist!" Sie schlug mit der Faust gegen die Wand.

„Aua!" Ihr Mund fühlte sich trocken an. Ja, richtig, Menschen mussten essen und trinken. Hier drinnen gab es nichts. Was war, wenn sie sich nicht befreien konnte? Sie spürte ihr Herz im Brustkorb pochen. Ihre Zähne begannen zu klappern und ihre Hände zu zittern. Der Atem ging kurz und hastig.

„Ganz ruhig. Ich komme hier schon raus." Sie holte tief Luft und ließ sie langsam durch ihre Lippen entweichen. Sie schaute nach oben. Irgendwie musste sie hinauf zur Öffnung kommen. An der Wand gab es keine Möglichkeit, sich hochzuziehen. Sie drückte eine Hand und einen Fuß gegen die eine Seite der Wand und stemmte die andere Hand und den anderen Fuß gegen die andere. Langsam schob sie sich hoch. Das war viel schwerer als gedacht. Die Muskeln in ihren Armen und Beinen begannen zu zittern. Aber gleich hatte sie es geschafft. Sie erreichte den Rand im letzten Moment, bevor sie die Kraft verlassen wollte. Sonnenlicht.

Sie kniff die Augen zusammen, ertastete den Rand, zog sich hoch und ließ sich auf der anderen Seite hinuntergleiten. Sie landete mit dem Po auf dem Boden. Er war weich. „Erde", flüsterte Malu.

Die Sonne blendete. Sie hielt sich wieder die Hände vor die Augen, öffnete die Finger einen Spalt, lugte hindurch. Vor ihr glitzerte es. Sonnenstrahlen spiegelten sich auf der Oberfläche eines Weihers. Langsam gewöhnten sich ihre Augen an die Helligkeit. Sie richtete sich auf, wankte, fiel hin. So einen Menschenkörper aufrecht zu halten, war nicht so einfach. Sie versuchte es noch einmal und noch einmal, bis sie aufrecht stand, dann schaute sie an sich hinunter. Sie spielte mit ihren Fingern und Zehen, hielt sie dicht vor ihre Augen, roch an ihrer Haut. Das war richtig spannend! Aber wie war sie hierhergekommen? Eine Erinnerung stieg auf. Das Licht hatte sie nach dem Zusammenprall hierher gebracht.

„Das Licht ist immer am richtigen Ort zur richtigen Zeit", wie Urion gesagt hatte.

Sie betrachtete die Wasseroberfläche. Die Bäume spiegelten sich darin und noch etwas anderes. Ein – Gesicht? Sie sah genau hin. Hellblaue Augen hoben sich deutlich von dunkelbrauner Haut ab. Lange braune Locken kringelten sich bis auf die Schultern. Das war sie! Sie betrachtete ihre Nase, tastete sie ab, versuchte die Nasenspitze mit der Zunge zu berühren und musste lachen. Es sah witzig aus.

Ein lautes Brummen riss sie aus den Gedanken. Ein Vogel, nicht größer als ein Insekt, flog um ihren Kopf herum. Ein Kolibri. Sein Gefieder glitzerte in der Sonne, als ob es mit Tausenden von Kristallen besetzt wäre. Seine Flügel schwirrten in atemberaubendem Tempo.

Malu hielt ihm die Hand hin und er setzte sich auf ihre Handfläche. Der Kolibri rieb seinen Kopf an ihrem Daumen. Es kitzelte und Malu musste kichern. Wärme breitete sich in ihr aus. Mit einem Ruck hob er ab und schwirrte davon. Malu hatte das Gefühl, dass sie sich nicht zum letzten Mal begegnet waren.

In einiger Entfernung ragte ein Turm in den Himmel. Für einen kurzen Moment glänzte die Spitze im Sonnenlicht hell auf. Der Turm war sicher ein Bauwerk der Menschen. Dort musste sie hin.

Zwei Wolken zogen vor ihm vorbei. In der größeren der beiden entdeckte sie einen schwarzen Punkt. Er bewegte sich wild hin und her und durchbrach die Wolke. Ein Ball aus schwarzem Rauch raste auf die Erde zu. Kälte durchströmte ihren Körper, und sie ahnte, dass dieses Ding nichts Gutes bedeutete. Der Ball verschwand zwischen Baumkronen. Sie schüttelte die Kälte aus den Armen, aber ein flaues Gefühl blieb in ihrem Magen zurück. Einen Augenblick lang zögerte sie. War es wirklich klug, zum Turm zu gehen? Damit kam sie auch dem Wesen näher. Aber wenn sie den Jungen finden wollte, gab es keine andere Möglichkeit. Sie musste zu den Menschen gehen. „Es geht darum, genug Mut aufzubringen und trotz der Furcht auf die Reise zu gehen", hörte sie Urions Stimme in ihren Gedanken. Malu machte den ersten Schritt.

6. Kapitel

„Manchmal wünschte er sich, Mathe wäre so wie Turnen."

Herr Rückert ging an Geronimo vorbei und legte das Aufgabenblatt vor ihm auf den Tisch. Und wieder passierte das, was jedes Mal in einer Matheprüfung passierte. Er konnte einfach nicht mehr klar denken. Sein Herz raste. Schweißperlen bildeten sich auf seiner Stirn. Er zog das Blatt zu sich und versuchte, die erste Aufgabe auszurechnen. Die Buchstaben begannen von links nach rechts zu hüpfen, von oben nach unten. Warum musste diese verdammte Angst immer bei Matheprüfungen kommen? Er atmete tief ein und aus und las die nächste Frage. Dieses Mal blieben Buchstaben und Zahlen in ihrer Reihe, aber die Aufgabe war so seltsam formuliert, dass er nichts mit ihr anfangen konnte. Er versuchte es mit Nummer drei. Auch hier verstand er nicht, was Herr Rückert von ihm wollte. Obwohl Geronimo in der letzten Woche jeden Tag für die Prüfung gelernt hatte, kam es ihm vor, als sei der ganze Zettel auf Chinesisch geschrieben. Ein kalter Schauer jagte seinen Rücken hinunter. Sein T-Shirt klebte von seinem Angstschweiß. Seine Finger kribbelten, als würde eine Armee Ameisen darüber rennen. Und jetzt wurde ihm auch noch übel. Am liebsten wäre er aus dem Klassenzimmer gerannt, aber er wusste aus Erfahrung, dass die Panik irgendwann nachließ. Diesmal dauerte es ganze fünfzehn Minuten. Er fühlte sich erschöpft, aber er gab sich einen Ruck und las die Übungen noch einmal durch – es hatte keinen Zweck.

„Noch dreißig Minuten", verkündete Herr Rückert.

Geronimo stand auf und ging nach vorne zum Lehrertisch. Er musste es wenigstens versuchen. Herr Rückert hob den Kopf.

„Ich verstehe die Aufgabenstellung nicht", flüsterte Geronimo.

„Welche denn?"

„Ehrlich gesagt, alle."

Der Lehrer zog die Augenbrauen hoch. „Alle?"

Geronimo nickte.

Herr Rückert schaute ihn für einen Moment ungläubig an. Dann zog er das Arbeitsblatt zwischen den Klausuren, die er gerade korrigierte hervor, und las es im Flüsterton vor.

Geronimo wurde klar, dass er sich hätte den Weg sparen können.

„Weißt du jetzt, was du tun sollst?"

„Ähm … ich schätze schon." Geronimo ging zu seinem Platz zurück und ließ sich auf den Stuhl sinken. Er war Herrn Rückert nicht böse. Mathe war nicht seine Stärke. Die Logik, die die Zahlen miteinander verband, verstand er einfach nicht. Im Unterricht fühlte er sich fehl am Platz wie ein Fußballspieler, der auf der Bank saß und zuschauen musste, weil er nicht gut genug fürs Mitmachen war. Manchmal wünschte er sich, Mathe wäre so wie Turnen. Dabei fühlte er sich irgendwie zu Hause. Einen Rückwärtssalto auf dem Trampolin zu vollführen oder über den Schwebebalken balancieren, das konnte er quasi wie im Schlaf. Handstand machen und auf den Händen laufen üben. Sich um das Reck schwingen. All das liebte er. Schade, dass es die Turn AG nur zweimal in der Woche gab.

Wieder betrachtete er den DIN-A4-großen Bogen, las die erste Fragestellung noch einmal und versuchte, das zu errechnen, was vermutlich gemeint war. Immerhin hatte er nun eine Aufgabe gelöst – hoffentlich richtig.

„Zehn Minuten noch", teilte Herr Rückert mit, ohne die Miene zu verziehen. Bei der zweiten Aufgabe erinnerte sich Geronimo an eine Übung aus dem Unterricht, die so ähnlich gestellt worden war, und konnte auch diese schließlich lösen. Als Herr Rückert die Klassenhefte einsammelte, hoffte Geronimo, dass es für eine Vier reichte. Bei einer Fünf würde er sich einen Vortrag von Albert anhören müssen.

Er fuhr sich mit der Hand durch die nassgeschwitzten Haare.

Unruhig schaute er sich in der Klasse um. Leni sprach aufgeregt mit Alma über den Lösungsweg für Frage eins.

„Leni, Ruhe jetzt! Ich habe noch nicht alle Hefte eingesammelt!", fuhr Herr Rückert sie an.

Geronimo ließ den Blick weiter durch den Raum wandern. Lukas Platz war leer. Er hatte sich wie immer pünktlich zur Klassenarbeit krank gemeldet und würde die Arbeit nachschreiben. Keine schlechte Idee, denn Herr Rückert war faul und änderte dafür manchmal nur die Reihenfolge der Übungen. Wer einen Freund mit gutem Gedächtnis hatte, konnte leicht eine gute Note abstauben. Aber er hatte keinen Freund und Albert hätte es ihm niemals durchgehen lassen, sich regelmäßig zur Prüfung krank zu melden. Geronimo beobachtete, wie Ben Herrn Rückert mit einem zufriedenen Grinsen das Heft reichte. Er war ein Ass in Mathe. Manchmal wünschte Geronimo sich, dass fiese Menschen wenigstens dumm wären. Vielleicht hätte er die Sticheleien dann besser ertragen können. Ben funkelte ihn an, flüsterte: „Gleich bist du dran, Hosenscheißer", führte den Daumen zum Hals und zog ihn von einem Ende zum anderen. Das Signal, schnell zu verschwinden. Geronimo schmiss die Federtasche in den Ranzen, schnallte ihn auf den Rücken und stürzte aus dem Klassenraum. Er rannte den Flur hinunter und quer durch die Eingangshalle. Die Außentreppe sprang er mit einem großen Satz hinab und spurtete die Straße entlang, bis er die Bushaltestelle sah. Immer mit dem Gedanken im Kopf: Bloß weg von hier! Vorsichtig drehte er sich um: Kein Ben zu sehen. Glück gehabt.

„Rums." Als er aufblickte, schaute er der fetten Kröte Lukas in die Augen.

„Du hast doch nicht etwa geglaubt, dass du so einfach davon kommst, Gero." Lukas rieb sich die Hände.

Geronimo setzte zum Sprint an. Zu spät. Ben versperrte ihm den Weg. Der Kröte wäre er leicht entkommen, aber Ben war ein guter Sportler.

„Gero, du kleiner Trottel. Hältst du uns für so dumm?"

Dich nicht, aber die Kröte schon, dachte Geronimo und versuchte, sich loszureißen. Vergeblich. Ben war bärenstark und einen Kopf größer als er – genau wie die Kröte, nur, dass die fett und langsam war.

Die Kröte griff seine Unterarme, zog sie nach hinten und riss ihm den Rucksack vom Rücken. Dabei lachte sie genüsslich.

„Heute haben wir etwas ganz Besonderes für dich", erklärte Ben.

Geronimo sah das Glänzen in seinen Augen.

Die Kröte riss den Kragen seines Poloshirts nach hinten, warf etwas in die Öffnung und rieb mit aller Kraft seinen Rücken hoch und runter.

„Ein paar Hagebutten für unseren kleinen Gero." Bens Kichern klang wie das einer Hyäne.

Die Widerhaken der Kerne brachen durch die Schale der Hagebutten und kratzten an seinem Rücken entlang.

„Aufhören, das tut weh! Aufhören!" Geronimo schrie, so laut er konnte.

„Das soll es auch!", brüllte die Kröte.

„Und dein feines Shirt ruinieren! Oh, Papi wird sauer sein!", meinte Ben. Lukas lachte.

„Ihr feigen Säcke!", rief Geronimo.

Der Schlag in die Magengrube traf ihn vollkommen unvorbereitet. Er krümmte sich vor Schmerz. Das Pausenbrot kroch seine Kehle hoch.

„Jetzt haste nicht mehr so 'ne große Fresse, was?"

Lukas riss an seinen Haaren. „Was für 'ne Schafswolle."

Geronimo wimmerte. Es war unmöglich, die Tränen zurückzuhalten.

„Lasst den Jungen in Ruhe!", ertönte plötzlich die Stimme eines Mannes.

„Geh weiter, Alter!", antwortete Ben.

„Lass ihn los, oder ich sorge dafür, dass der Direktor hiervon erfährt."

„Komm, Luki, wir hauen ab. Das ist es nicht wert." Er spuckte Geronimo vor dir Füße. Sie rannten davon.

„Wir sind noch nicht mit dir fertig", hörte er einen der beiden brüllen.

Geronimo kämpfte gegen den Brechreiz an. Sein Rücken brannte wie Feuer und von seinem Gesicht tropften die Tränen auf den Boden. Er versuchte, sich aufzurichten, aber dazu fehlte ihm die Kraft.

„Alles okay?", fragte der Mann.

„Geht gleich wieder." Geronimo schluchzte.

„Hier, das wird helfen."

Geronimo richtete sich auf und schaute in freundliche hellblaue Augen, an deren Rändern sich tiefe Falten in die Haut gruben. Das schlohweiße Haar des Mannes reichte ihm bis zu den Schultern.

Er hatte einen weißen Bart, trug einen Strohhut und ein beigefarbenes Leinenhemd, aber keine Schuhe. Die olivgrüne Leinenhose ging bis zu den Fußknöcheln. *Merkwürdiger Typ*, dachte Geronimo, gleichzeitig war er froh, dass ihm jemand half.

Der Alte reichte ihm einen Apfel.

„Danke, mir ist schlecht, und außerdem nehme ich nichts von Fremden an."

„Er ist nicht vergiftet." Der Fremde zwinkerte ihm zu. „Es ist nur ein Apfel, aber er hilft dir ganz sicher."

„Ich glaube nicht, dass mir ein Apfel jetzt helfen kann."

„Ich garantiere es dir."

Geronimo nahm den Apfel, auch wenn er nicht sicher war, dass das irgendetwas bringen würde.

Als der Mann den Arm zurückzog, baumelte etwas aus dem Ausschnitt seines Hemdes. Es funkelte im Sonnenlicht. Geronimo hielt sich eine Hand vor die Augen. Das Ding blendete ihn. Durch einen Spalt zwischen den Fingern betrachtete er die Kette genauer. Ein Anhänger aus Kristall, in dem sich ein helles Licht im Kreis bewegte.

„Was ist das?", flüsterte er erstaunt.

„Ein Amulett." Der Mann steckte es schnell unter das Hemd.

„So etwas habe ich noch nie gesehen."

„Iss den Apfel, Junge, dann geht es dir gleich besser", sagte der Alte freundlich, aber bestimmt.

Der Apfel schmeckte süß und säuerlich zugleich, wie ein ganz normaler Apfel. Geronimo hatte nichts anderes erwartet.

„Wer sind Sie?", fragte er, nachdem er den ersten Bissen trotz der Übelkeit heruntergewürgt hatte.

„Ein Freund. Bis bald." Der alte Mann reichte ihm die Hand zum Abschied und ging weiter.

„Danke", rief Geronimo ihm hinterher. Er schaute ihm nach. Komischer Kauz. Das Brennen auf seinem Rücken und die Übelkeit ließen langsam nach. Er zog das Poloshirt vorsichtig aus und betrachtete es. Der Stoff war übersät mit roten Flecken. Geronimo zupfte an dem Shirt und einige Hagebuttenstücke fielen heraus. Was würde Albert wohl zu den Flecken sagen?

Die Sonne brannte auf seinen Kopf. Ihm war heiß und er brauchte dringend eine Abkühlung. Der Brunnen vor dem Rathaus war nicht weit entfernt. Er schaute zur Bushaltestelle und beschloss, später nach Hause zu fahren.

7. Kapitel

Und was, wenn es hunderte Städte mit unendlichen vielen Menschen gab?

Malu stieg den kleinen Hügel hinauf, an dessen Fuß sich der Weiher befand. Auf der anderen Seite lag dichter Wald. Sie folgte einem Trampelpfad, der direkt hinein führte. Rechts und links reckten sich Bäume mit langen Nadeln an den Ästen in die Höhe. Grüne Moose und Pilze wuchsen auf umgestürzten morschen Baumstämmen. Das Moos sah aus wie grüne Teppiche, es fühlte sich weich an und roch nach Erde und Holz. Mit dem Wissen über die Erde, die Menschen und die Tiere fühlte sie sich in der fremden Umgebung sicherer.

Im Wald war es angenehm kühl. Der Schatten der dichten Baumkronen schützte sie vor der Sonne. Hoch über ihr zwitscherten Vögel zarte Melodien, die sich wie verzaubert zu einer Symphonie vereinten. Ab und an riss das Blätterdach auf und erlaubte ihr, einen Blick auf den Turm zu werfen. So wusste sie immer, ob sie in die richtige Richtung ging. Sie horchte auf die Geräusche des Waldes. Um sie herum raschelte es unentwegt, als wäre jeder Zentimeter von Lebewesen bewohnt. Malu spürte ein flaues Gefühl in ihrem Bauch. Was erwartete sie bei den Menschen?

Schließlich lichtete sich der Wald. Aus dem Trampelpfad wurde ein gepflasterter Weg. Nachdem sie den Wald verlassen hatte, hatte sie zum ersten Mal seit Langem wieder einen freien Blick auf den Turm am Horizont. Er war doppelt so groß wie vorher – sie war also viel näher gekommen.

Plötzlich polterte es fürchterlich hinter ihr. Sie fuhr zusammen und drehte sich ruckartig um. Eine Blechkiste kam auf sie zugeschossen. Blitzartig erinnerte sie sich an das Wissen, das ihr das immerwährende Licht der Weisheit geschenkt hatte. Es war ein Auto. Darin saß ein Mann. Er hupte wild. Im letzten Moment sprang Malu zur Seite.

„Das ist eine Straße. Geh gefälligst auf dem Bürgersteig", schrie der Mann sie an, als er an ihr vorbeifuhr. Hinter dem Auto qualmte es fürchterlich. Der beißende Geruch kratzte in Malus Nase und in ihrem Hals und ließ sie husten und niesen. Sie schüttelte sich. Grauenhafter hätte die erste Begegnung mit einem Menschen nicht sein können. Hoffentlich gab es auch freundlichere Zeitgenossen, und hoffentlich fuhren nicht alle in diesen stinkenden Kolossen herum.

Malu ging den Bürgersteig entlang. Bald tat sich zu beiden Seiten der Straße eine Wiese auf. An deren Rand standen von Zäunen umgebene Häuser. Die Bauten glichen sich in Form und Größe, hatten aber unterschiedliche Farben. Ihre Dächer waren mit roten, schwarzen oder grauen Ziegeln bedeckt. Davor parkten Autos in unterschiedlichen Größen und Farben. Malu spürte die Blicke der Menschen, die in den eingezäunten Bereichen saßen. Bemerkten sie etwa, dass sie nicht zu ihnen gehörte? Ihre Hände begannen zu schwitzen. Sie fühlte sich fremd. Mit jedem Schritt wuchsen ihre Zweifel, ob sie ihrer Aufgabe gewachsen war. Sie musste den Jungen nicht nur finden, er musste sich von ihr auch helfen lassen wollen. Was, wenn er genauso argwöhnisch war wie die anderen Menschen? Dann erinnerte sie sich an Urions Worte. „Jeder, der behauptet, keine Angst vor so einer Reise zu haben, lügt. Es geht nicht darum, keine Furcht zu haben. Es geht darum, genug Mut aufzubringen und trotz der Furcht auf die Reise zu gehen."

Malu wurde ruhiger. Es ging jetzt darum, den Jungen zu finden. Ob er sie mochte, würde sich dann zeigen.

Schließlich kam sie zu einer Kreuzung. Eine Menge Autos wartete hier in einer langen Reihe. Ihr Gestank trieb Malu die Tränen in die Augen und brannte fürchterlich in ihrem Hals. Auf der gegenüberliegenden Straßenseite zeigte die Ampel für Fußgänger ein rotes Männchen. Sie stoppte. Das Licht der Autoampel sprang von Rot zu Gelb und dann zu Grün. Die Autos röhrten auf und fuhren los. Nach einiger Zeit wechselte das Licht auf Gelb und dann auf Rot. Statt des roten Männchens leuchtete nun ein grünes auf, das dabei war, einen Schritt nach vorn zu machen. Malu war klar, was das bedeutete, und sie überquerte die Straße.

Lange Reihen aus drei- bis vierstöckigen Häusern standen auf beiden Seiten der Straßen. Hier wuchsen kaum noch Bäume und immer mehr Menschen tummelten sich auf der Straße. Malu wurde sehr unruhig. Sie hatte nicht damit gerechnet, so vielen Menschen an einem Ort zu begegnen. Viele von ihnen tippten auf Smartphones herum, auf die sie beim Laufen ununterbrochen starrten. Sie schienen ihre Umgebung zu vergessen, stießen gegeneinander, aber beachteten das kaum. Auch Malu beachteten sie nicht. Ihr Puls beruhigte sich. Die vielen Geschäfte auf beiden Seiten der Straße verkauften Kleidung, Lebensmittel, Smartphones oder Autos. In ihnen drängten sich die Kunden. Malu vermisste den Wald. Hier gab es kein Moos, keine Wiese und kein Dickicht. Die Luft roch stickig und schmerzte in ihrem Hals. Schweiß rann ihre Stirn und ihre Wangen hinunter. Sie spürte einen seltsamen Druck direkt hinter den Augen. Je näher sie dem Turm kam, desto dichter wurde der Strom aus Menschen, die an ihr vorbei eilten, und desto mehr Läden befanden sich in den Häusern. Die Zahl der Flachbildschirme an den Hauswänden explodierte förmlich.

Manche leuchteten blitzartig in grellen Farben auf, sodass es in ihren Augen weh tat. Auf anderen liefen Bildsequenzen, die Menschen zeigten, die bestimmte Kleidung trugen oder etwas Bestimmtes aßen.

Malu sehnte sich nach einem Ort, an dem es still war, an dem sie verschnaufen konnte, so wie auf ihrer Wolke. Sie schaute zum Turm. Er schien zum Greifen nah. Sie nahm alle Kraft zusammen und setzte einen Schritt vor den anderen. Auf einmal ragten drei breite Steine mitten auf der Straße aus dem Boden. Die versperrten den Autos den Weg. Malu ging zwischen ihnen hindurch und betrat einen weitläufigen Platz, in dessen Mitte der Turm in den Himmel ragte. Er bildete das Ende eines großen aus sandfarbenen Steinen gebauten Gebäudes. Mitten auf seiner Spitze thronte ein vergoldeter Hahn. Für einen Moment ließ ein Sonnenstrahl den Hahn hell leuchten. Malu atmete aus. Ihre Beine schmerzten vom langen Marsch, aber sie hatte es geschafft. Der Turm stand endlich vor ihr. Sie fühlte sich müde und suchte einen Platz, an dem sie sich ausruhen konnte. Ihr fiel der Springbrunnen in der Mitte des Platzes auf. Darin stand ein Pferd, aus dessen Maul Wasser plätscherte. Sie lächelte, ging zum Becken und tauchte ihre Hände ins kühle Nass. Das tat gut! Dann formte sie die Hände zu einem Kelch, schöpfte etwas Wasser und sog es in den Mund. Ihre Zähne schmerzten für einen kurzen Augenblick, so kalt war das Wasser. Dann genoss sie, wie es ihre Kehle hinunter rann. Sie wusch sich das Gesicht und benetzte Arme und Beine. Der Schmerz in ihren Muskeln ließ langsam nach.

Malu setzte sich auf eine Bank, die nicht weit weg von dem Brunnen im Schatten einer alten Eiche stand. Das Plätschern des Wassers hatte eine ganz eigene ruhige Melodie. Sie betrachtete den weißen Wasserstrom voller Luftbläschen, der in das Becken stürzte. Ihr Herzschlag verlangsamte sich und die Muskeln in ihren Armen und Beinen entspannten sich noch mehr. Das stetige Gluckern des Wassers ließ sie alles um sich herum vergessen. Sie schloss die Augen und döste ein. Im Traum sah sie sich eingekuschelt in den weichen Staubkristallen ihrer Wolke und erinnerte sich an die Worte des Lichts der immerwährenden Weisheit: „Das Wichtigste aber ist die Kunst, Licht und Finsternis in den Menschen zu erkennen. Damit du findest, wen du suchst."

Das Krähen eines Raben ließ sie hochschrecken. Sie rieb sich die Augen. Es war an der Zeit herauszufinden, wie sie Licht und Dunkelheit in den Menschen erkennen konnte.

Sie hörte Schritte. Ein Mann ging an ihr vorbei. Er trug einen grünen Pullover, eine braune Hose und schwarze Schuhe. In der einen Hand hielt er eine Stofftasche. Malu kniff die Augen zusammen und konzentrierte sich. Nichts geschah. Der Mann verschwand hinter einem Gebäude. Im nächsten Moment eilte eine Frau in einem roten Kleid mit Stelzen unter den Schuhen an Malu vorbei. Sie versuchte es erneut. Wieder geschah nichts. Es gab wohl irgendeinen Trick. Wenn es mit Konzentration nicht klappte, musste sie sich vielleicht einfach entspannen. Sie lauschte dem Säuseln des Wassers und ließ ihren Blick weich werden. Gedankenverloren schaute sie über den Platz und betrachtete eine ältere Dame. Plötzlich entdeckte sie auf Höhe ihres Brustkorbes ein schwaches Schimmern. Es pulsierte leicht. Malu erinnerte sich an den Moment, als sie ihr Licht gedimmt hatte. Die alte Dame verschwand aus ihrem Sichtfeld. Malu spürte Freude in ihrem Herzen aufsteigen. Sie hatte den Turm gefunden und entdeckt, wie sie das Licht in den Menschen finden konnte. Nun musste sie nur nach dem Jungen Ausschau halten.

Im nächsten Augenblick spürte sie Niedergeschlagenheit, denn sie erinnerte sich, wie viele Menschen ihr auf dem Weg zum Turm begegnet waren. Und was, wenn es hunderte Städte mit unendlichen vielen Menschen gab? Wie viele Jahre würde sie ihn suchen müssen? Ihr Magen knurrte. Auch das noch. Als Mensch musste sie regelmäßig essen und trinken. Sie seufzte. Es war so leicht gewesen, ein Stern zu sein. Wie gerne hätte sie sich jetzt in die Kristalle ihrer Wolke eingekuschelt, aber von ihrer Wolke war sie unendlich weit entfernt. Und bis sie zu ihr zurückkehren konnte, würde es wer weiß wie lange dauern.

8. Kapitel

„Bitte nur diese Nacht. Morgen suche ich mir ein anderes Zuhause."

Geronimo sah das wasserspeiende Pferd schon von Weitem. Er freute sich auf die Abkühlung. Als er noch klein gewesen war, war er häufig mit seiner Mutter hergekommen. Gemeinsam hatten sie am Brunnen gespielt. Er hatte die Füße ins Wasser gehalten, während sie ihn im Arm hielt. Geronimo setzte sich auf den Brunnenrand, lehnte die Schulmappe dagegen, zog sein Hemd aus und betrachtete es. Hagebuttenstücke und Kerne klebten an der Innenseite. Orange-rote Flecken zogen sich über die komplette Rückseite. Hoffentlich konnte er sie wenigstens etwas auswaschen. Er tauchte das Polo-Shirt ins Wasser und rieb den Stoff aneinander. Die Flecken verloren an Farbe, verschwanden aber nicht. Er presste das Wasser aus der Stoffwurst heraus und breitete das Shirt über seinem Ranzen aus, sodass die Sonnenstrahlen es trocknen konnten.

Dann betrachtete er die Wasseroberfläche. Sein Gesicht spiegelte sich darin. Das etwa Fünfcentstück große rote Feuermal neben seinem linken Auge hob sich deutlich von der hellbraunen Haut darum ab. Er legte das Shirt neben sich, formte mit den Händen einen Trichter und wusch sich den Schweiß aus dem Gesicht.

Danach legte er sich auf den Rand des Brunnens, schloss die Augen und genoss die warme Sonne auf seiner Haut. Die Geräusche um ihn herum wurden leiser. In Gedanken sah er sich und seine Mutter am Brunnen spielen.

„Hallo."

Er zuckte zusammen.

„Tut mir leid, ich wollte dich nicht erschrecken."

Vor ihm stand ein Mädchen. Sie lächelte.

„K-kein Problem." Geronimo musterte sie.

Das Mädchen hatte dicke kräftige Locken, hellblaue Augen in einem dunkelbraunen Gesicht und strahlend weiße Zähne. Sie trug ein dunkelbraunes Kleid aus dünnem Stoff, das in der Sonne glitzerte – aber keine Schuhe. Sie war mindestens ein Jahr älter als er und locker einen Kopf größer, vielleicht so groß wie Ben.

„Ich heiße Malu, und du?"

„Ge-Geronimo", stotterte er. „Geronimo", wiederholte er lauter.

„Ich freue mich, dass ich dich so schnell gefunden habe!" Sie klatschte in die Hände.

„Äh, was meinst du?"

„Dein Licht, es strahlt so hell, du musst es einfach sein."

Geronimo schaute an sich hinunter.

„Was für ein Licht?"

„Siehst du es nicht?" Sie stupste mit dem Zeigefinger in die Mitte seiner Brust.

„Sehr witzig!"

„Ich meine es ernst! Ich bin hier, um dir zu helfen."

Von dem Mädchen ging eine Freundlichkeit aus, wie er sie noch nie vorher bei einem Menschen wahrgenommen hatte.

„Was meinst du?"

„Na, deinen Traum. Ich helfe dir, ihn zu verwirklichen."

„Welcher Traum denn?"

„Der Traum, den du dir unbedingt erfüllen willst."

„Woher weißt du davon? Ich kenne dich doch gar nicht."

„Ah, stimmt, du kennst mich gar nicht. Das ändern wir. Ich bin ein Stern. Das immerwährende Licht der Weisheit hat mich auf die Erde geschickt, damit dein Traum wahrwerden kann. Ich bin durch die Galaxienspirale zur Erde gereist, habe menschliche Gestalt angenommen und mich auf die Suche nach dir gemacht. Und jetzt bin ich hier." Sie strahlte.

„Du hast wirklich Schauspieltalent. Das muss ich dir lassen." Er schüttelte den Kopf. „Mein Tag war echt mies, also lass mich einfach in Ruhe, okay."

Sie starrte ihn mit offenem Mund an. „Glaubst du mir etwa nicht?"

„Nein, natürlich nicht."

„Warum denn nicht?"

„Weil deine Geschichte absolut verrückt ist."

Sie überlegte einen Moment. „Denken alle Menschen so wie du? Glaubt niemand an das immerwährende Licht?"

Einerseits war sich Geronimo sicher, dass es sich um eine Lügengeschichte handelte. Genauer gesagt die Dreisteste, die er je gehört hatte. Andererseits sprach das Mädchen mit einer Selbstverständlichkeit, die ihn beeindruckte. „Ich glaube, du wirst keinen Menschen finden, der dir die Geschichte abkauft."

Sie setzte sich neben ihn, schaute auf ihre Füße und spielte mit den Zehen.

„Mh, das macht es viel schwieriger, als ich dachte." Sie betrachtete das Hemd. „Das ist ein tolles Muster. Hast du das selbst gemacht?"

Geronimo wischte sich mit der Hand übers Gesicht. „Nein. Bitte lass mich einfach in Ruhe."

„Was ist passiert?"

„Nicht so wichtig." Er stand auf, schnallte sich die Schultasche auf den Rücken und legte sich das Hemd über die Schulter.

„Hast du dir weh getan?" Sie musterte die Stelle neben seinem linken Auge.

„Das ist ein Feuermal. Tut nicht weh. Das habe ich schon seit meiner Geburt."

„Das macht dich irgendwie besonders." Sie lächelte.

„Danke." Geronimo hatte das Gefühl, dass sie es ernst meinte. „Ich muss los. Mach es gut, Malu."

„Wo willst du denn hin?"

„Nach Hause."

„Ich komme mit." Sie stand auf.

„Auf keinen Fall. Du kannst nicht einfach mitkommen."

„Warum nicht?"

„Ich kenne dich überhaupt nicht."

„Dann lernst du mich eben besser kennen."

„Vielleicht ein anderes Mal."

„Bitte lass mich mitkommen, ich weiß nicht, wo ich sonst hingehen soll. Ich habe hier kein Zuhause."

Ihre Stimme klang unsicher. Geronimo spürte einen Stich im Herzen. „Ich kann dich nicht mit nach Hause nehmen, das würde mein Vater nie erlauben."

Sie senkte den Kopf.

Er fühlte sich kaltherzig. Gerade er kannte doch das Gefühl, nirgendwo hinzugehören.

„Ich weiß vielleicht einen Ort, wo man dir helfen kann. Da kannst du heute Nacht schlafen."

„Wo ist dieser Ort und wie heißt er?", fragte sie zögerlich.

„Nicht weit entfernt von hier. Ich bringe dich hin. Er heißt *Kinderanlaufstelle*. Da wird Kindern geholfen, die von zuhause weggelaufen sind oder andere Probleme haben. Deshalb heißt der Ort so."

„Ich bin nicht von zu Hause weggelaufen. Ich bin hier, um dir zu helfen."

Er hatte keine Lust zu diskutieren. „Hast du nun ein Zuhause oder nicht?"

„Ja, aber nicht hier auf der Erde."

Sie musste in großer Not sein, sonst hätte sie sich niemals so eine verrückte Geschichte ausgedacht.

„Woher kennst du diese Kinderanlaufstelle?"

„Mittwochmorgens vor dem Unterricht gibt es immer einen Vortrag in der Turnhalle. Letztes Mal ging es um die Auffangstation für Kinder und Jugendliche in der Stadt."

„Laufen denn viele Kinder von zu Hause weg?"

„Einige."

„Warum?"

„Weil sie daheim Probleme haben, schätze ich."

Ihm brannte die Frage auf der Zunge, warum Malu weggelaufen war, aber er schwieg. Er wollte sie nicht in Verlegenheit bringen. Sie überquerten die große Kreuzung hinter dem Rathaus und bogen in die Carmer Straße ein, an deren Ende sich das Heim befand.

„Ist es dort hinten?" Sie zeigte auf ein unansehnliches Gebäude am Ende der Straße.

„Ja", antwortete er knapp.

„Sieht düster aus, irgendwie ungemütlich!" Sie rieb sich die Arme.

„Alles okay?"

„Mir ist kalt."

Geronimo spürte es auch. Das Gebäude sah wirklich nicht besonders einladend aus. Das Haus war alt und die Fassade hatte eine schmutzige graue Farbe – wahrscheinlich war sie durch die

Abgase der Autos entstanden. Ein Turm ragte an der Seite in den Himmel. Die Fassade war an vielen Stellen ausgebessert. Es erinnerte ihn an ein Spukhaus.

„Vielleicht musst du nur kurz da bleiben und findest schnell eine neue Familie."

„Spürst du diese Kälte?"

„Ja, ist sicher nur ein Luftzug."

Sie griff nach seiner Hand und zog ihn hastig hinter die Ecke. Ihr Gesicht war bleich, ihre Augen weit aufgerissen. „H-hast du das auch gesehen?"

„Was meinst du?"

„Das schwarze Wesen auf dem Dach."

„Was? Nein, da ist nichts."

Sie zitterte am ganzen Körper.

„Okay, ich schaue nach." Er atmete tief ein, spähte um die Ecke und suchte das Dach mit den Blicken ab.

„Da ist nichts."

„Ich will nicht da rein. Bitte!" Sie fing an zu weinen. „Ich gehe überall hin, aber nicht in die Nähe des schwarzen Dings."

„Ich weiß keinen anderen Ort. Mein Vater würde nie erlauben, dass du bei uns bleibst. Er würde dich sofort hier herbringen."

„Bitte nur diese Nacht. Morgen suche ich mir ein anderes Zuhause." Sie schaute panisch zur Ecke und wieder zu ihm.

Wer konnte sagen, was sie erlebt hatte, und er selbst hätte auch keine Lust gehabt, in dem Haus zu schlafen. Aber wie konnte sie beim ihm übernachten, ohne dass Albert es merkte? Die Gefahr, dass er Malu im Keller oder auf dem Dachboden hörte, war viel zu groß. „Der Geräteschuppen im Garten", flüsterte er. „Da sind Werkzeug und der Rasenmäher drin. Mein Vater geht nur sehr selten rein. Für eine Nacht könnte es klappen."

Sie schlang die Arme um ihn und drückte ihn an sich. Er spürte ihre Tränen auf der Haut.

„Danke, danke!" Sie schluchzte.

Geronimo fühlte die Wärme, die von ihr ausging. Es war, als ob sie direkt in sein Herz strömte. Er streichelte über ihren Rücken. „Alles wird gut. Okay? Wir müssen jetzt los. Mein Vater kommt bald nach Hause." Geronimo nahm ihre Hand. Sie gingen die Straße in die Richtung zurück, aus der sie gekommen waren. Malu blickte sich immer wieder um, als ob sie befürchtete, jemand könnte sie verfolgen.

9. Kapitel

„Hast du noch nie einen Besen benutzt?"

Malu schaute sich unauffällig nach allen Seiten um. Bei dem Gedanken, wie das schwarze Ding von der einen Seite des Daches der Anlaufstelle zur anderen geflogen war, stellten sich die Härchen auf ihren Armen auf. Sie versuchte, sich an das Wissen über das Wesen zu erinnern, aber es klappte nicht, als ob da ein Teil fehlen würde. Gut, dass von dem Ding nichts zu sehen war. „Es ist uns nicht gefolgt." Sie atmete aus.

„Was meinst du?", fragte Geronimo.

„Das schwarze Wesen vom Dach."

„Da war doch gar nichts." Er schüttelte den Kopf und begann in seinem Rucksack zu wühlen. „Wir haben jetzt wirklich Wichtigeres zu tun. Mein Vater ist spätestens in einer Stunde hier. Bis dahin müssen wir alles vorbereitet haben."

Das Haus, vor dem sie standen, war größer als jene, die Malu auf dem Weg in die Stadt gesehen hatte. Die Fassade glänzte in makellosem Weiß. Mannshohe Fenster waren in die Vorderwand eingelassen, zwei riesige Säulen ragten auf jeder Seite des Eingangs empor und stützten einen großen Balkon. Geronimo nahm den Schlüssel aus dem Rucksack und öffnete die Tür.

Malus Herz begann schneller zu schlagen. Wie das Haus wohl von innen aussah?

„Was müssen wir denn vorbereiten?", fragte sie.

„Das erzähle ich dir gleich. Zuerst gehen wir in den Keller, beeil dich."

Sie folgte ihm ins Haus. Der Abstand zwischen dem Fußboden und der Decke war riesig. Malu schätzte, dass er mindestens dreimal ihre Größe betrug. Ein beeindruckender Leuchter war dort oben befestigt. Als Geronimo einen Schalter betätigte, strahlte er hell auf.

„Wahnsinn, wie ein Stern", murmelte sie.

Geronimo schien sie nicht gehört zu haben. Er legte den Rucksack hastig auf eine Anrichte im Eingangsbereich. Dann öffnete er eine Glastür, die in den hinteren Teil des Hauses führte.

Sie gingen zum Ende des Flurs und dann eine Treppe hinunter, die unter das Haus führte. Die Holzstufen knarzten bei jedem Schritt. Das Geräusch kratzte unangenehm in ihren Ohren und es fühlte sich irgendwie unheimlich an, immer weiter unter die Erde zu gehen. „Gibt es hier kein Licht?", fragte sie.

„Doch, einen Moment." Geronimo betätigt einen Schalter an der Wand und der Raum erhellte sich.

Sie fröstelte und rieb sich die Arme. „Es ist kalt hier." Vorsichtig schaute sie sich um. War ihnen das Wesen etwa doch gefolgt? Dann nahm der Keller ihre Aufmerksamkeit in Anspruch. So etwas hatte sie noch nie gesehen. Es war ganz anders als oben, nicht so hell und die Wände wirkten kahl. Nur ein paar Regale und ein Schrank standen davor. Geronimo steuerte auf den Schrank zu.

„Hm. Das ist normal. Die warme Luft kommt nicht hier runter", antwortete er beiläufig, während er den alten Holzschrank durchstöberte. „Da, nimm die Luftmatratze und den Schlafsack. Den kannst du als Decke benutzen. Ist nicht mehr der neuste, aber reicht fürs Erste. Und hier hast du noch ein Kissen."

Sie betrachtete die Sachen „Danke." Das Kissen fühlte sich weich an und die Decke ganz flauschig. Sie erinnerte Malu an die Kristalle ihrer Wolke.

„Hol bitte den Besen, der dort an der Wand lehnt." Geronimo wies mit dem Finger auf einen Teil der Wand.

Malu betrachtete das Mauerwerk. Dort standen zwei lange Holzstiele. Einer mit Borsten am Ende. An dem anderen hing ein Netz. Sie wusste intuitiv, dass der Holzstiel mit den Borsten der Besen und das andere Ding ein Kescher war. „Hier."

„Danke. Komm jetzt. Wir müssen den Geräteschuppen fegen."

Sie stiegen die Treppe wieder hinauf und durchquerten ein riesiges Zimmer. Die Fenster in der Wand reichten vom Fußboden bis fast unter die Decke. Sie folgte ihm in den Garten. Ein Weg aus hellbraunen quadratischen Steinen führte zu einem kleinen Holzhaus am Ende des Gartens. Es stand direkt unter eine Weide und an beiden Seiten wuchsen Blumen mit runden dicken rosafarbenen Blüten. „Das sieht aber schön aus."

„Warte, bis wir drinnen sind." Er entriegelte die Tür und drückte auf den Lichtschalter.

Die Luft in der kleinen Hütte roch trocken und staubig. Sie kitzelte in Malus Hals. Auf der linken Seite stand ein Rasenmäher, ähnlich den Autos, nur viel kleiner und man konnte sich nicht hinein setzen. An einer Wand hingen Haken, an denen mehrere Geräte für Gartenarbeiten befestigt waren.

„Hier schläft niemand außer dem Rasenmäher und den Gartenwerkzeugen." Geronimo zwinkerte ihr zu. „Kannst du den Boden fegen?"

„Klar, wenn du mir zeigst, wie das geht."

Geronimo runzelte die Stirn. „Hast du noch nie einen Besen benutzt?"

„So was gibt es bei uns nicht."

Er rollte mit den Augen und schob ihn ein paarmal über den Boden.

„Okay, das kriege ich hin. Sieht nicht schwierig aus." Nach ein paar Minuten hatte Malu den ganzen Staub und Dreck nach draußen gekehrt. Sie beobachtete Geronimo. Er öffnete das Fenster auf der Rückseite des Schuppens.

„Jetzt müssen wir die Luftmatratze aufblasen." Er breitete die grüne Rolle auf dem Boden aus, nahm ein Ende in den Mund und pustete hinein. Die Matratze füllte sich langsam mit Luft. „Mach bitte weiter, ich muss noch mal ins Haus zurück."

Malu bückte sich, nahm das kleine Gummistück in den Mund, blies hinein und lauschte dem Luftstrom. Nach einer Weile wurde die Sache anstrengend. Als Geronimo zurückkam, war sie fast fertig und ganz schön außer Atem.

Er reichte ihr eine Flasche mit Wasser, ein Brot und eine längliche Röhre aus Metall. „Du hast bestimmt Hunger."

Malu biss in das Brot. In ihrem Mund entfaltete sich der Geschmack von salzigem Käse, knackigen Salatblättern und frischer Tomate. Sie schloss die Augen „Mmh, lecker."

„Hab mir gedacht, dass du länger nichts gegessen hast." Er ging zur Luftmatratze und drückte auf die Oberfläche. „Ein wenig Luft kann da noch rein."

Nach drei kräftigen Atemstößen schloss er das Ventil. „Damit die Luft drinnen bleibt."

Malu versuchte, den Verschluss der Glasflasche zu öffnen, aber es klappte einfach nicht.

„Du musst den Deckel drehen", erklärte er. „Ich zeige es dir." Er nahm die Flasche und öffnete sie mit einer kurzen Handbewegung.

Sie setzte die Flasche an den Mund und genoss die wohltuende Frische des Wassers.

„Hier noch eine Taschenlampe." Geronimo drückte auf den roten Knopf und sie begann zu leuchten.

„Wie ein kleiner Stern." Malu grinste.

„Falls du heute Nacht aufs Klo musst. Geh am besten hinter der Hütte. Aber erst, wenn du kein Licht mehr im Haus siehst, okay?"

„Ja."

„Ich muss jetzt rübergehen, Albert kommt gleich nach Hause. Morgen ist Samstag. Da muss ich nicht zur Schule. Sobald mein Vater einkaufen fährt, komme ich zu dir. Lass dich vorher nicht draußen blicken!"

„Danke, Geronimo."

Er nickte und schloss die Tür hinter sich. Durch das Fenster darin sah sie, wie er zur Veranda rannte und im Haus verschwand. Sie legte sich auf die Luftmatratze und machte es sich so bequem wie möglich. Mit ihrer Wolke konnte das hier beim besten Willen nicht mithalten, aber sie war heilfroh, in der ersten Nacht auf der Erde ein Dach über dem Kopf zu haben.

Sie erinnerte sich an den Moment, in dem sie Geronimos Licht gesehen hatte. Es hatte so hell in seiner Brust gestrahlt, dass sie für einen Augenblick die Augen hatte schließen müssen. In diesem Moment war sie sich sicher gewesen, dass er der Junge war, dem sie helfen sollte. Das immerwährende Licht der Weisheit hatte sie nicht zufällig in der Nähe dieser Stadt abgesetzt. Aber warum hatte es sie nicht vor dem schwarzen Wesen gewarnt?

Geräuschfetzen drangen von draußen in die Hütte und rissen sie aus den Gedanken. Sie öffnete das Fenster, aber konnte die Ursache nicht finden. Es hörte sich wie der Motor eines Autos an. Es schien direkt vor dem Haus zu halten. Das Geräusch verstummte. Jemand schlug die Autotür zu. Das musste Geronimos Vater sein.

Sie lehnte den Kopf gegen die Scheibe. Die Muskeln in ihren

Armen und Beinen schmerzten. Ihre Augen taten weh und in ihren Ohren dröhnte es. Der Lärm, die Menschenmassen, die Lichter. Sie vermisste die Ruhe im Weltall und die weichen Kristalle ihrer Wolke. Sie legte sich auf die Luftmatratze und streckte Arme und Beine von sich.

Bei dem Gedanken an das schwarze Ding durchfuhr sie Angst. Sicher war es kein Verbündeter des Lichts, aber vielleicht der Finsternis. Sie schüttelte sich, schmiegte sich in den Schlafsack und wünschte sich, das Licht hätte sie nicht auf die Erde geschickt. Sie musste Geronimo so schnell wie möglich helfen, seinen Traum zu verwirklichen, damit sie wieder in Sicherheit sein konnte.

Geronimo zog die Bettdecke zur Seite. Er schwitzte. Sein Blick wanderte zum Fenster. Er stand auf und ging hinüber. Der kleine Schuppen lag im Dunkeln. Warum wusste Malu nicht, wie man mit einem Besen umging oder wie man eine Flasche öffnete? Er hatte nicht das Gefühl gehabt, dass sie ihm etwas vorgespielt hatte. Konnte es möglich sein, dass sie wirklich nicht von der Erde stammte? War sie der Stern, den er sich gewünscht hatte? „Totaler Quatsch", flüsterte er. „So was gibt es nicht." Aber ganz sicher war er sich trotzdem nicht.

10. Kapitel

„Wenn wir kein Haus finden, können wir dann eines bauen?"

Malu schlug die Augen auf. Ein Sonnenstrahl fiel direkt auf ihr Gesicht. Sie streckte die Arme und Beine aus und spürte die wohltuende Dehnung in ihrem ganzen Körper. Obwohl sie das Fenster an der Rückwand des Schuppens die ganze Nacht hatte offen stehen lassen, roch es nach Sand und Staub. Ihr Mund fühlte sich trocken an. Sie richtete sich auf, nahm einen Schluck Wasser aus der Flasche und ließ es die Kehle hinunter laufen. Wie gut das tat. Sie hörte die Haustür ins Schloss fallen. Die Tür des Autos klappte und der Motor wurde gestartet. Das Geräusch entfernte sich langsam. Im nächsten Augenblick klopfte es an der Hüttentür.

„Malu? Bist du da?" Geronimo schaute durch das Fenster.

Sie öffnete ihm. „Guten Morgen."

„Konntest du gut auf der Matratze schlafen?"

„Sie ist nicht so komfortabel wie meine Wolke, aber es ging schon."

Er schaute sie merkwürdig an und ging nicht auf die Wolke ein. „Hier, was zum Frühstück." Er reichte ihr eine Schüssel, in der sich eine flockige Masse und Obst befand.

„Was ist das?"

„Haferbrei mit Früchten."

„Gar nicht schlecht."

Er grinste. „Mein Spezialrezept. Die Kakaonibs geben dem ganzen einen schokoladigen Geschmack."

Sie nickte.

„Und wie geht es jetzt weiter?", fragte er.

„Ich suche mir ein Zuhause."

„Willst du es vielleicht noch mal bei der Anlaufstelle versuchen?"

„Auf keinen Fall."

„Aber wohin willst du dann gehen?"

„Ich mag die Natur. Irgendwo dahin."

Er musterte sie. „Malu, ich mag dich wirklich und gleichzeitig mache ich mir Sorgen um dich."

Egal, was er sagen würde, sie wollte auf keinen Fall zurück zu der Anlaufstelle. Das Wesen wartete wahrscheinlich schon auf sie.

Er fuhr sich mit den Händen durch die Haare. „Warum lachst du?", fragte er.

„Deine Haare. Nichts kann sie bändigen."

Er lächelte. „Stimmt." Dann wurden seine Gesichtszüge ernst. „Ich mache dir einen Vorschlag: Wir suchen ein Zuhause für dich und wenn wir keines finden, dann gehen wir zur Polizei."

„Die bringen mich doch auch zur Auffangstelle, oder?"

Er seufzte leise. „Wahrscheinlich."

„Wir suchen mindestens, bis es dunkel wird, okay?"

„Mein Vater bringt mich um, wenn ich abends nicht wieder zuhause bin. Er denkt, ich bin bei einem Schulfreund. Zum Essen muss ich zurück sein."

„Gut, dann suchen wir solange, dass du gerade noch rechtzeitig nach Hause kommst."

„Okay, gib mir deine Hand. So besiegeln wir unsere Abmachung." Er streckte seinen Arm aus.

Sie schlug ein.

„Wo fangen wir an zu suchen?", wollte er wissen.

„Auf dem Weg in die Stadt bin ich durch einen Wald gegangen.

Ich will gerne im Wald wohnen."

Er zog die Augenbrauen hoch. „Du willst also im Wald wohnen?"

„Genau. Ist einer in der Nähe?"

„Malu, im Wald wohnt keine Menschenseele. Nachts ist es stockduster und es gibt dort keine Nahrung."

Sie holte tief Luft. „Also ist jetzt ein Wald in der Nähe oder nicht?"

Er seufzte. „Ja, wir brauchen etwa zehn Minuten mit dem Fahrrad hin."

Malu saß auf dem Gepäckträger und hatte ihre Arme fest um Geronimos Bauch geschlungen. Die Gurte des Rucksacks schnitten an ihren Schultern ein und bei jedem Hubbel, den sie überfuhren, stießen die Metallstäbe des Gepäckträgers gegen ihre Gesäßknochen. Das tat weh. „Wie lange müssen wir noch fahren?"

„Wir sind gleich da." Geronimo schnaufte. „Auf der anderen Seite des Hügels beginnt der Wald."

Sie wischte sich die Schweißperlen aus dem Gesicht. Geronimo trat mit voller Kraft in die Pedale. Sie fuhren einen kleinen Hügel hinauf und ein Stück wieder runter. Dann lenkte Geronimo das Fahrrad nach links und stoppte vor einem schmalen Weg, der rechts und links von hohen Bäumen gesäumt wurde. Malu stieg vom Gepäckträger. Er schob das Rad zu einem Baum, lehnte es dagegen und befestigte eine Kette zwischen den Rädern.

Malu sog die Luft tief in die Lungen. Es roch frisch, feucht und nach Erde. Die Blätter der Baumkronen bildeten ein grünes Dach über dem Weg.

„Wonach suchen wir?", fragte Geronimo zögerlich.

„Nach einem kleinen Haus, so wie euer Schuppen."

Er runzelte die Stirn. „Ich will dir nicht alles kaputt machen, aber ich glaube nicht, dass wir einen Geräteschuppen mitten im Wald finden."

„Wir haben eine Abmachung."

„Ich weiß."

„Also komm jetzt."

Sie gingen in den Wald hinein.

Malu lauschte dem Rauschen der Blätter und dem Rascheln im Dickicht und genoss die heitere Melodie, die die Vögel hoch über ihr zwitscherten. Die Bäume strahlten Ruhe und Kraft aus. Sie ließ das Gefühl in sich einströmen und ihre Energiereserven auffüllen. Nach einer Weile lichtete sich der Wald. Rechts von ihnen befand sich eine Wiese, auf der nur ein paar Bäume wuchsen.

„Das ist eine Lichtung", erklärte Geronimo.

„Gibt es davon viele im Wald?"

„Das weiß ich nicht. Weiter als hier bin ich noch nie gelaufen."

Gräser und Büsche streiften an Malus Beinen entlang, als sie tiefer in den Wald vordrangen. Die Pflanzen wuchsen hier höher und dichter. Der Weg mündete schließlich in einen schmalen Pfad. Hier kam wohl nur selten jemand lang. Genau das, was sie suchte. Sie wollte selbst entscheiden, wann sie Menschen begegnete. Schließlich verlor der Trampelpfad sich zwischen den Bäumen.

„Wie weit willst du noch gehen?", fragte Geronimo ungeduldig.

„Bis wir ein Zuhause für mich haben."

Er runzelte die Stirn. „Ich glaube nicht, dass das etwas wird."

Vielleicht stimmte es, dass es keinen Geräteschuppen im Wald gab. „Wenn wir kein Haus finden, können wir dann eines bauen?"

„Theoretisch schon, aber wir müssten das ganze Baumaterial herschaffen. Das dauert sicher einige Wochen."

„Solange will ich gar nicht bleiben."

„Wie lange willst du denn bleiben?"

„Bis ich dir geholfen habe, deinen Traum zu verwirklichen."

Er stöhnte und wischte sich mit der Hand über die Stirn.

Was, wenn Geronimo recht hatte? Je weiter sie gingen, desto wahrscheinlicher wurde das. Vielleicht fanden sie hier wirklich kein Zuhause für sie. Dann musste sie wohl oder übel im Spukhaus wohnen, wo das schwarze Wesen auf sie wartete. Der Gedanke schnürte ihr den Brustkorb zu.

„Malu!" Er griff nach ihrem Arm.

Sie zuckte zusammen. Hatte das schwarze Wesen sie etwa gefunden? „Was ist denn?", flüsterte sie.

Er streckte den Arm aus. „Schau, da vorne!" Zwischen den Bäumen, keine zwanzig Meter entfernt, erkannte sie die Umrisse einer kleinen Hütte. Ein glitzernder Punkt schwirrte um das Dach herum und ließ sich schließlich darauf nieder. Als sie näher kam, erkannte Malu das Tier. Es war der Kolibri.

„Merkwürdig, Kolibris sind hier nicht heimisch", sagte Geronimo.

„Ich glaube, das ist ein gutes Zeichen. Hier werde ich wohnen." Malu grinste ihn an.

11. Kapitel

„Er entzifferte den Buchstaben M. Den anderen Buchstaben hatte die Zeit ausradiert."

Geronimo ließ den Rucksack auf den Boden sinken und ging in die Küche. Dort goss er sich ein Glas Wasser ein, trank es zügig aus und leerte ein zweites. Er schüttelte den Kopf. Sie hatten tatsächlich einen Unterschlupf für Malu tief im Wald gefunden. Als er den zentimeterhohen Staub auf dem Tisch in der alten Jagdhütte gesehen hatte, war ihm sofort klar gewesen, dass hier seit Jahrzehnten niemand mehr gewohnt hatte. Er rieb mit den Händen über seine Arme und Beine. Nach dem langen Marsch und der Rückfahrt mit dem Fahrrad fühlten sie sich an, als ob Bienen auf sie eingestochen hätten. Aber eine Pause konnte er sich jetzt nicht leisten, denn er hatte Malu versprochen, einige Sachen zur Hütte bringen. Warum hatte er ihr bloß versichert, es heute noch zu tun?

Er holte den Schlafsack, die Luftmatratze und das Kissen aus der Hütte und verstaute sie in seinem Rucksack. Als Nächstes musste er auf den Dachboden. Er mochte es dort nicht. Seine Großmutter hatte ihm mit Vorliebe Geschichten von Poltergeistern erzählt und dass die gewöhnlich im Keller und unterm Dach wohnten. Seine Schritte verlangsamten sich. Was wäre, wenn er einem dort begegnete? Er schauderte. „Geronimo, sei kein Baby. Das sind nur Omas alte Spukgeschichten", versuchte er sich zu beruhigen. Er hatte keine Wahl. Malu brauchte Kleidung und die befand sich nun mal in der großen Truhe auf dem Dachboden. Der

Teppich auf den Stufen dämpfte seine Schritte. Es herrschte Totenstille im Haus. Endlich erreichte er die Tür, blieb vor ihr stehen und holte tief Luft. Sie knarzte, als er sie öffnete. Das Geräusch machte ihm Gänsehaut. Durch zwei winzige Fenster fiel spärliches Licht in den Raum, und Staubpartikel schimmerten in der Luft. Es roch nach alten Möbeln und muffigem Stoff. Er fingerte hektisch an der Wand auf der Suche nach dem Lichtschalter. Als er ihn nicht gleich fand, wurde ihm fast schlecht vor Angst. Endlich ertastete er den kleinen Hebel und drückte ihn hinunter.

Langsam ging er auf die Truhe mit den alten Kleidern zu. Die Dielen ächzten bei jedem seiner Schritte. Nervös nestelte er an dem Eisenbeschlag herum, bekam den Riegel gelöst und hob den Deckel. Er glitt aus seinen schwitzigen Händen. „Pong!" Geronimo fuhr zusammen und wagte sich einen Moment lang nicht zu rühren. „Nichts passiert", flüsterte er schließlich und atmete langsam aus.

Er wühlte zwischen den Kleidungsstücken herum. Es waren allesamt Spenden von Alberts Schwester, Paula. Sein Cousin Friedrich war zwei Jahre älter als Geronimo, und Tante Paula hatte die fixe Idee, dass er dessen alte Sachen tragen sollte. Albert hatte seiner Schwester nicht erzählt, dass er Geronimo nie in einfachen Jeans und T-Shirt hätte rumlaufen lassen. Eigentlich hätte sie sich das auch denken können. Sie kannte ihren Bruder gut. Friedrichs alte Kleidungsstücke verschwanden jedes Jahr in der Truhe. Die Ladung aus dem Vorjahr fuhr Albert dann zur Kleiderspende.

Geronimo entdeckte zwei Jeans, einige T-Shirts und einen Pullover, die Malu passen konnten, legte die Sachen ordentlich zusammen, klemmte sich den Stapel unter den Arm und drehte sich zur Tür. Sein Blick blieb auf einer alten Blechkiste im Regal direkt neben der Tür hängen. Komisch, die war ihm noch nie aufgefallen.

Er betrachtete sie. Die silberne Farbschicht auf dem Deckel war an einigen Stellen abgeplatzt. Ein vollkommen ausgegilbter halb abgerissener Aufkleber prangte auf der Mitte des Deckels. Er entzifferte den Buchstaben „M". Den anderen Buchstaben hatte die Zeit ausradiert. Das Muster im Hintergrund war kaum zu erkennen, dennoch kam es Geronimo irgendwie bekannt vor.

„Knarz!", machte es neben ihm. Er wich von der Tür zurück und ließ vor Schreck die Kleidung fallen. Sein Herz begann zu stampfen und in seinen Gedanken formte sich das Bild eines Poltergeistes. „Alles gut", beruhigt er sich, „das sind nur dumme Spukgeschichten." Er atmete tief ein und aus und versuchte, seinen Herzschlag zu verlangsamen. Langsam beugte er sich hinunter und hob den Kleiderstapel wieder hoch.

„Knarz!", machte es erneut.

Er spürte einen eiskalten Luftzug im Gesicht und auf den Unterarmen, als ob er im tiefsten Winter nur mit einem T-Shirt bekleidet rausgegangen wäre. Sein Atem bildete zarte durchsichtige Wolken. Die Luft schmerzte in seinen Lungen. Vorsichtig richtete er sich auf und schaute zur Tür. Da war nichts.

„Er ist irgendwo hier gewesen. Ich bin ganz sicher", flüsterte eine heisere Stimme.

Gänsehaut breitete sich auf Geronimos ganzem Körper aus. Seine Beine fühlten sich wie Eisblöcke an. Er kniff die Augen zusammen und fokussierte die Stelle, von der die Stimme zu kommen schien, aber er konnte nichts erkennen.

Ein Luftzug streifte seine Wange. Die Tür knarzte erneut und wenige Sekunden später verschwand die Kälte. Geronimo holte tief Luft, sank langsam auf den Boden und lehnte sich gegen das Regal. War das gerade wirklich passiert oder hatte ihm seine Angst einen Streich gespielt?

„Geronimo, ich bin wieder da", drang Alberts Stimme aus dem Erdgeschoss nach oben.

„Mist." Er raffte sich auf und hastete zur Tür. So leise er konnte, schloss er sie und spurtete die Treppe auf Zehenspitzen hinunter. Die Wanduhr zeigte drei Uhr an.

„Geronimo?", rief Albert von unten.

„Ja, ich komme. Du bist schon wieder hier?"

„Paula ging es nicht gut, deshalb bin ich früher gegangen. Kommst du runter?"

„Bin gleich da!" Geronimo flitzte den Flur entlang, bog in sein Zimmer ab und versteckte die Kleidung unterm Bett. Verflucht! Der Rucksack neben der Kommode im Eingangsbereich! Wenn Albert hineinschaute, würde er Verdacht schöpfen. Geronimo rannte die Treppen hinunter.

Albert stand neben der Kommode und hielt den geschlossenen Rucksack in der Hand. Geronimos Knie wurden weich. Er spannte die Muskeln in seinen Oberschenkeln an und hoffte, dass Albert ihm die Angst nicht anmerkte.

„Mein Gott, du siehst bleich aus! Geht es dir gut?"

„Ja, bestens", stammelte Geronimo.

„Sicher?"

Er zwang sich ein Lächeln auf die Lippen.

„Wie war es bei deinem Freund?"

„G-gut, wir haben Mathe geübt."

„Wirklich. Bei wem warst du eigentlich?"

„Ben Schutowski."

„Der Sohn von Elisabeth Schutowski?"

„Genau der. Ist ein Ass in Mathe und will mir helfen." Geronimo staunte selbst über die Dreistigkeit seiner Lüge.

Albert musterte ihn. Seine Gesichtszüge entspannten sich.

„Ich finde es gut, dass du dich mehr für die Schule anstrengst, womit wir beim Thema wären. Lass uns im Wohnzimmer darüber sprechen. Ich habe Kuchen mitgebracht."

„Ich will nur schnell den Rucksack nach oben bringen. Ich weiß, ich soll meine Sachen nicht im Eingangsbereich liegen lassen. Tut mir leid."

Albert musterte den Rucksack.

Panik jagte durch Geronimos Körper. Sein Arm zuckte. Nein, er konnte Albert den Rucksack nicht einfach entreißen. Viel zu auffällig.

Albert schaute ihn an. „Mein Gott, hast du Fieber. Da sind Schweißperlen auf deiner Stirn."

„Nein, mir geht es hervorragend. Ich will nur den Rucksack in mein Zimmer bringen und dann ein Stück Kuchen essen."

„Mh, wenn du danach immer noch so bleich aussiehst, messen wir Fieber." Er gab Geronimo den Rucksack und ging an ihm vorbei in die Küche.

Geronimo setzte sich auf die Treppe, die Finger um den Griff des Rucksacks gekrallt. Seine Nackenmuskulatur war bretthart. Er legte den Kopf vorsichtig in den Nacken, bewegte ihn langsam von rechts nach links. Die Verspannung ließ etwas nach. Was für ein Tag! Ein Schreckensmoment war dem nächsten gefolgt. Er schüttelte den Kopf. Hoffentlich kamen nicht mehr von der Sorte. Er lief die Treppe hinauf und versteckte den Rucksack unterm Bett. Dann streckte er sich auf der Matratze aus und atmete ein paar Mal tief durch, bevor er wieder ins Wohnzimmer hinunter ging.

Albert saß am Tisch. Vor ihm standen zwei dampfende Tassen Kakao. Im Kakaokochen war er ein wahrer Meister. Er hatte

Himbeerkuchen mitgebracht – Geronimos Lieblingssorte. Geronimo setzte sich auf den Stuhl neben Albert.

Sein Vater lächelte. „Guten Appetit."

„Danke." Die Himbeeren waren genau richtig zwischen süß und säuerlich, der Kuchenboden zerkrümelte saftig in seinem Mund, und der Kakao schmeckte nach Vollmilchschokolade.

Genau das hatte er nach dem emotionalen Auf und Ab der letzten Stunden gebraucht.

„Ich finde es wirklich gut, dass du mit Ben Mathe übst", griff Albert das Thema von vorhin auf, „ich glaube allerdings, dass professionelle Unterstützung sinnvoller wäre."

„Was meinst du?"

„Ich spreche von einem Mathenachhilfelehrer, damit du endlich über die Vier hinauskommst."

Geronimo stockte. „Muss das wirklich sein?"

„Ich denke schon."

„Wie oft soll ich denn in der Woche Nachhilfe bekommen?"

„Zweimal bis dreimal, schätze ich."

„Was? Das ist viel zu viel! Einmal reicht aus."

„Für den Anfang halte ich mindestens zweimal für richtig. Wenn du Fortschritte machst und bessere Noten schreibst, können wir auf einmal in der Woche runtergehen."

„Dann habe ich weniger Zeit fürs Turnen."

„Eine gute Note in Mathematik ist wichtiger."

„Für dich vielleicht."

„Junger Mann, komm mir nicht in diesem Ton! Ich rufe Herrn Karl am Montag an. Er wurde mir von einer Mitarbeiterin empfohlen. Ich vereinbare einen Termin mit ihm, an dem ihr euch kennen lernen könnt."

Der Kuchen schmeckte auf einmal fad und der Kakao bitter. „Glaubst du, das hilft mir, die Panik in den Griff zu bekommen?"

„Mit einer besseren Vorbereitung hast du wahrscheinlich auch stärkere Nerven in den Klassenarbeiten."

Vielleicht hatte Albert damit sogar recht. „Darf ich heute bei Ben schlafen?"

Albert schaute ihn erstaunt an. „Ich wusste gar nicht, dass ihr so gut befreundet seid."

„Wir hatten viel Spaß, auch wenn es um Mathe ging. Wir wollen im Garten zelten." Geronimo lächelte, so überzeugend er konnte.

Albert zog die Augenbrauen hoch. „Das findet Frau Schutowski gut?"

„Frau Schutowski hat es selbst vorgeschlagen. Sie meinte, immer wenn sie vom Zeltlager in den Ferien zurückkam, hat sie vielmehr geschätzt, wie gut es ihr zuhause ging." Geronimo fühlte sich unbehaglich. Er hatte ein schlechtes Gewissen. Aber Albert würde ihn nie freiwillig Zeit mit einem obdachlosen Mädchen verbringen lassen. Deshalb war die Notlüge okay. Und er hatte keine Lust, das ganze Wochenende bei schönstem Wetter zu Hause am Schreibtisch zu hocken und für Mathe zu lernen.

Albert nickte. „Das kann ich mir gut vorstellen. In Ordnung."

„Ich will gleich nach dem Kuchenessen losfahren."

„Vergiss den Sturzhelm und die Warnweste nicht."

„Schon klar."

Geronimo brachte den Teller und die Tasse zurück in die Küche und ging in sein Zimmer. Der Rucksack quoll fast über, als er die Kleidung zu den anderen Sachen stopfte. Er hatte noch längst nicht alles, was er brauchte. Es fehlten Ersatzbatterien für die Taschenlampe und etwas zu essen. Außerdem brauchte er noch einen Schlafsack für sich und die schmale aufblasbare Isomatte. Als Erstes ging er in die Küche, schmierte Brote und packte sie mit zwei Flaschen Wasser in einen Stoffbeutel. Dann holte er den Rest und belud das Fahrrad. Als er losfuhr, kam es ihm vor, als ob Malu wieder hinter ihm säße.

An jeder Seite des Lenkers hing ein Stoffbeutel hinunter. Auf dem Gepäckträger hatte er die Isomatte und den Schlafsack festgezurrt. Den Rucksack trug er auf dem Rücken. Albert hätte ihm nie erlaubt, so loszufahren. Aber der war ganz vertieft in seine klassische Musik im Wohnzimmer auf der Couch eingeschlafen und hatte nichts mitbekommen. Geronimo grinste.

12. Kapitel

„Kein schlechter Platz, um sich ein wenig auszuruhen."

Malu begutachtete den Innenraum der Hütte. In den Ecken hingen dicke Spinnenweben. Den Tisch überzog eine dichte Staubschicht. Sie öffnete die Fensterläden und die Eingangstür. Ein Luftzug blies von draußen herein und wirbelte Staubkristalle auf.

Die Wände bestanden aus Holzstämmen und zwischen die Balken passte kein Blatt, so gut waren sie zugehauen. Vorsichtig zog sie den Stuhl vom Tisch weg und wischte den Staub von der Sitzfläche. Dicke Flusen stoben auf. Das kitzelte in ihrer Nase und kratzte in ihrem Hals. Sie musste husten. Im kleinen Schrank an der Wand lagen Stofffetzen, Kerzen, ein langes, an einigen Stellen aufgescheuertes Seil und Streichhölzer. Außerdem fand sie einen alten Leinenbeutel.

Als Nächstes erforschte sie die schwarze Truhe. Die Scharniere quietschten, als Malu den Deckel anhob. Mehr als eine völlig von Motten zerfressene Wolldecke hatte sie nicht zu bieten. Neben der Truhe standen zwei ineinandergesteckte Blecheimer. Als sie mit der Hand an der Wand entlang fuhr, spürte sie die Umrisse einer Tür. Sie drehte den kleinen Metallknopf nach links und drückte sie auf. Direkt hinter der Tür wucherte eine hüfthohe Hecke. An ihren Ästen wuchsen längliche, schwarze Beeren. Malu steckte sich eine in den Mund. Die Säure prickelte unter der Zunge und Schweiß bildete sich an ihren Schläfen. Sie kniff die Augen zusammen und schüttelte den Kopf. „Brombeeren", flüsterte sie, wischte sich mit der Hand den Mund ab, bog die Zweige des Strauches zur Seite und machte einen großen Schritt. Eine Wiese voller saftigem Gras und wunderschön blühenden und süß duftenden Blumen zog sich bis zum Ende der Lichtung. An einem Baum, der mitten auf der Wiese stand, hingen dunkelrote Beeren. Jeweils zwei von ihnen bildeten ein Paar. Malu biss vorsichtig in eine hinein und spürte den festen Kern in der Mitte. Sie schmeckten saftig und süß zugleich. „Das müssen Kirschen sein", sagte sie zu sich und freute sich, dass sie heute Nacht nicht mit knurrendem Magen ins Bett gehen musste. An dem Baum hingen so viele Früchte, dass sie sie vermutlich für eine Woche satt machen würden.

Sie schlenderte quer über die Wiese. Am Ende der Lichtung ragte ein grauer Steinkreis aus der Erde. Sie beugte sich über den Rand. Es ging tief hinunter. „Hallo", rief sie in die Tiefe, hob einen Stock auf und warf ihn hinein. „Platsch", machte es. Es gab hier nicht nur Beeren, sondern auch Wasser. Das musste ein Brunnen sein. Sie wischte sich den Schweiß von der Stirn. Die Sonne brannte unbarmherzig auf sie hinunter. Sie hatte solchen Durst, dass sich ihr Mund ganz trocken anfühlte. Sie musste etwas trinken, aber wie kam sie an das Wasser dort unten?

Ihr kam eine Idee. Sie ging zur Hütte zurück, befestigte das Seil aus dem Schrank an dem Henkel eines der beiden Eimer, ließ ihn in den Brunnen hinunter und hörte, wie er auf der Wasseroberfläche aufsetzte, zur Seite kippte und sich mit Wasser füllte.

Langsam zog sie ihn hoch. Das Wasser war klar und roch frisch. Sie nahm einen Schluck – es schmeckte genießbar – und trank, bis ihr Durst gelöscht war. Danach wusch sie sich das Gesicht, füllte den Eimer erneut und trug ihn zur Hütte. Malu tauchte ein Stoffstück in das Wasser und wischte die Möbelstücke damit ab. Anschließend holte sie mit dem Besen die Spinnenweben von der Decke und die Staubflocken aus den Ecken und fegte alles nach draußen. Nun sah die Hütte schon wesentlich gemütlicher aus und die Luft hier drinnen war um Welten besser.

Malu gähnte ausgiebig. Es war Zeit für eine Pause. Sie setzte sich in den Schatten des Kirschbaums. Die Bienen summten um sie herum und flogen von einer Blüte zur nächsten. Sie schloss die Augen und döste vor sich hin.

„Malu?", erklang Geronimos Stimme.

„Ich bin im Garten!"

Er bog die Stängel der Brombeerhecke zur Seite, betrat die Wiese und kam zu ihr.

„Du hast aufgeräumt und alles sauber gemacht."

„Wie gefällt es dir?"

„Nicht schlecht." Er grinste. „Ich habe dir die Sachen aus dem Geräteschuppen mitgebracht, Ersatzbatterien für die Taschen-lampe, Kleidung, ein Sandwich und Wasser. Liegt alles auf dem Tisch in der Hütte."

„Danke."

„Ich kann dir aber nicht jeden Tag Essen vorbei bringen, das würde mein Vater merken."

„Musst du gar nicht. Es gibt hier Beeren und ich habe einen Brunnen gefunden."

„Du willst also wirklich hier wohnen?"

„Klar."

„Vermisst dich denn niemand?"

„Urion wahrscheinlich. Das ist mein bester Freund. Ein Nach-barstern."

Er schüttelte den Kopf und fuhr sich mit der Hand durch die Haare. „Kannst du denn irgendwie beweisen, dass du ein Stern bist?"

„Nein. Aber wieso hilfst du mir, wenn du mir gar nicht

glaubst?"

„Ich mache mir Sorgen um dich." Er kratzte sich mit der Hand am Hinterkopf.

„Kannst du denn beweisen, dass ich kein Stern bin?"

Er überlegte einen Moment „Nein, das kann ich nicht. Aber Sterne, die auf die Erde reisen, um Menschen zu helfen – das klingt nach einem verdammten Märchen."

„Ist dir denn noch nie etwas passiert, das du nicht erklären kannst?"

Seine rechte Augenbraue zuckte. Für einen winzigen Moment weiteten sich seine Pupillen. Er schaute zur Seite. „Was ist passiert?"

„Nichts, meine Angst hat mir nur einen Streich gespielt. Mehr war da nicht."

„Sicher?"

„Todsicher!"

Malu hatte das Gefühl, dass er nicht die Wahrheit sagte, aber sie wollte nicht auf dem Thema herumreiten. „Was machen wir morgen?"

„Ich habe schon etwas vor. Da kannst du nicht mitkommen."

„Warum?"

„Weil ich das nicht will. Aber am Montag kannst du mich von der Schule abholen."

„Montag ist übermorgen?"

„Genau."

„Gut, das mache ich."

„Malu, du musst mir versprechen, dass du Hilfe annimmst, wenn dir klar wird, dass du hier nicht alleine leben kannst. Okay?"

„Abgemacht, aber erst mal bleibe ich eine Weile hier."

Er nickte. „Sag mal, kann ich heute hier schlafen?"

„Ja, klar." Sie freute sich, dass er in der ersten Nacht bei ihr bleiben würde. Denn etwas Angst, nachts ganz alleine in der Hütte zu sein, hatte sie schon.

Geronimo setzte sich neben sie, lehnte den Rücken gegen den Baumstamm und streckte die Beine aus. „Kein schlechter Platz, um sich ein wenig auszuruhen."

13. Kapitel

„Lass dir nie von jemanden vorschreiben, was möglich ist oder was du schaffen kannst."

Geronimo lief um das riesige Zirkuszelt herum. Er war nicht wegen der Vorstellung hier, sondern wollte sehen, wie die Menschen in einem Zirkus lebten. Um das Zelt war ein Metallzaun errichtet. Geronimo lief am Zaun entlang. Wohnwagen reihten sich wie Perlen an einer Kette direkt dahinter auf. Er schaute sich um. Niemand war zu sehen. Er atmete tief durch. So etwas hatte er noch nie gemacht. *Galt das als Einbruch? Würde man ihn verhaften, wenn man ihn erwischte?*

Geronimo wischte die Hände an der Hose ab, packte den Zaun, zog sich hinauf und schwang sich darüber. Geschafft. Er ließ sich auf der anderen Seite der Absperrung hinunter gleiten. Nun stand er direkt hinten einem breiten, in den Zirkusfarben bemalten Wohnwagen. Er drang tiefer in den Dschungel aus Trailern, Hängern und Campingwagen ein. „Der Zirkus Mario Salmone präsentiert Marko Mansini den Meister der Messer", stand in grellen gelben Lettern über die ganze Länge eines Wagens geschrieben. Er spürte, wie sich sein Magen zusammenzog, als er auf Zehenspitzen zum Seitenfenster schlich. Vorsichtig schaute er hinein. Direkt gegenüber erkannte er eine Küchenzeile. Links davon stand eine Couch vor einem kniehohen Tisch. Der Glatzkopf des Messerwerfers ruhte auf der Lehne. Er schien zu schlafen.

„Was machst du denn hier?", dröhnte eine tiefe Stimme direkt hinter ihm.

Er zuckte zusammen und drehte sich langsam um. Vor ihm stand Mario Salmone. Er schaute ihn aus zusammengekniffenen Augen an. Die Arme hatte er in die Seiten gestemmt.

Geronimo hatte für einen Moment das Gefühl, seine Beine würden unter ihm nachgeben. „I-ich habe gesehen, dass ein Stück des Zauns kaputt ist und wollte Bescheid geben", stammelte er.

„Die Geschichte kannst du deiner Großmutter erzählen." Der Direktor schaute ihm direkt in die Augen.

Geronimo senkte den Kopf. Es war zwecklos, Salmone weiter etwas vorzuspielen. „Ich will sehen, wie das Leben in einem Zirkus aussieht." Er spürte, wie der Blick des Zirkusdirektors ihn durchdrang.

„Aha, und warum?"

Geronimo schaute auf. „Ich will Artist werden."

Salmones Augen weiteten sich. Er betrachtete Geronimo.

„Ein Feuermal neben dem linken Auge", flüsterte er. „Und von wem hast du die braunen Zotteln?"

„Keine Ahnung. Ist das wichtig?"

„Interessiert mich einfach. So ein Gestrüpp sieht man nicht alle Tage", flüsterte der Direktor und verstummte. Dann bewegte er die Lippen, ohne einen Ton herauszubekommen.

Geronimo zuckte mit den Achseln.

Salmone holte Luft. „Du willst also Artist werden?"

„Ja, aber mein Vater hält nichts davon. Er meint, das Leben in einem Wohnwagen ist nichts für mich. Ich will schauen, ob er recht hat."

„So, so. Dein Vater hält also nichts davon. Ich denke, du solltest das selbst herauszufinden." Geronimo stutzte.

„Sie rufen nicht die Polizei?"

Der Direktor schüttelte den Kopf. „Was soll das bringen? Ich würde einen angehenden Artisten aus dem Zirkusgeschäft vergraulen und dir noch mehr Ärger mit deinem Vater bescheren. Wir brauchen begeisterten Nachwuchs." Er zwinkerte Geronimo zu. „Mein Wohnwagen steht dort hinten." Er zeigte mit dem Finger auf einen großen Wagen am Ende des Platzes. „Schau ihn dir gerne an. Hier hast du den Schlüssel. Ich muss noch etwas erledigen."

Mario Salmone reichte ihm ein silberfarbenes Plastikband mit einem kleinen schwarzen Schlüssel. Geronimo betrachtete ihn einige Sekunden. Geschah das gerade wirklich?

„Alles in Ordnung?"

„Ja, äh, danke."

„Bitte fass nichts an. Ich vertraue dir."

„Versprochen!" Er konnte es noch immer nicht glauben. Gerade hatte Mario Salmone ihn noch beim Einbruch auf das Gelände erwischt, jetzt durfte er sich seinen Wohnwagen anschauen. Wahnsinn!

Der Direktor ging in Richtung des Zirkuszelts davon.

Salmones Wohnwagen hatte das gleiche blau-rote Muster wie das Zirkuszelt. Die Tür war rot gestrichen und erinnerte Geronimo an die Vorhänge in der Manege. Neben ihr stand in gut sichtbaren goldenen Buchstaben „Zirkus Salmone, Direktor Mario Salmone."

Er steckte den Schlüssel ins Schloss, atmete tief ein und genoss die Vorfreude in seinem Bauch. Dann drehte er den Schlüssel um und betrat den Innenraum. Es gab alles, was man zum Leben brauchte: eine Küchenzeile, einen Esstisch mit Stühlen, eine Couch mit Beistelltisch und ein Badezimmer.

Das Mobiliar war im Boden des Wohnwagens verankert. Hinter einem dunkelgrauen Vorhang entdeckte Geronimo ein Bett, das quer zur Fahrtrichtung eingebaut war. Auf dem Nachttisch stand ein Bild. Es zeigte den Direktor als jungen Mann. Den Arm hatte er um die Schulter einer Frau gelegt. Sie schaute liebevoll auf ein Baby in ihren Armen. Geronimo war sicher, dass der Direktor hier allein lebte. Für drei Personen war einfach kein Platz.

„Geronimo, komm, ich will dir jemanden vorstellen", hörte er die Stimme des Direktors von draußen.

Geronimo knipste das Licht aus und schloss die Tür hinter sich.

„Wie gefällt dir meine Wohnung?", fragte Salmone ihn auf dem Weg zum Zelt.

„Es gibt alles, was man braucht und es ist gemütlich."

„Da drin kann man gut leben. Ich tue das schon seit fast 20 Jahren und bereue keine einzige Minute."

Geronimo hätte zu gerne gewusst, wer die Frau und das Kind auf dem Foto waren, aber er wollte nicht aufdringlich wirken.

„Wo gehen wir denn hin?"

„Die Artisten trainieren gerade. Hast du Lust zuzuschauen?" Salmone lächelte freundlich.

„Ja, gerne!"

Sie betraten die Manege. Geronimo schaute sich um. Sein Herz begann vor Aufregung zu rasen, als er Astan auf einem großen Trampolin springen sah.

„Astan!", rief der Direktor. „Komm bitte zu uns. Ich möchte dir jemanden vorstellen."

Astan sprang vom Trampolin herunter und kam auf sie zu.

Geronimos Knie wurden butterweich.

„Das ist Geronimo. Er will gerne Artist werden und ich dachte mir, du kannst ihm vielleicht ein paar Tricks zeigen."

Astan streckte die Hand aus. „Hallo ich bin Astan." Er lächelte.

Geronimo konnte nicht fassen, dass er seinem Helden so nahe war. „Ge-Geronimo." Mehr brachte er nicht hervor. Stattdessen schlug er ein.

„Hi Geronimo. Bevor du auf das Trampolin gehst, dehnen wir uns erst mal. Mach mir die Übungen einfach nach." Astan musterte ihn. „Du kannst meine Hand jetzt loslassen."

„Entschuldigung!" Geronimo spürte, wie sein Gesicht ganz heiß wurde.

Astan machte verschiedene Dehnübungen.

Geronimo machte es ihm nach.

„Hast du schon Erfahrung mit dem Trampolinspringen?"

„Ja, in der Schule übe ich zweimal in der Woche auf einem Trampolin. Aber es ist viel kleiner als dieses."

„An die Größe gewöhnst du dich schnell. Jetzt ist der Rücken dran. Stell dich aufrecht hin, lass die Arme an den Seiten hängen und führe das Kinn langsam auf die Brust. Jetzt geh mit dem Oberkörper so weit runter, wie du kannst. Genau! Und die Arme einfach hängen lassen."

Geronimo berührte mit den Handflächen den Boden.

„Nicht schlecht. Ab aufs Trampolin."

Geronimo zog die Schuhe aus und stieg auf das Netz.

„Am besten du lässt dich ein paar Mal auf den Rücken und den Bauch fallen. Und dann spring dich ein bisschen ein, damit du ein Gefühl für die Höhe bekommst."

Geronimo tat, was Astan gesagt hatte, und federte wieder in den Stand. Dann machte er ein paar lockere Sprünge. Astan beobachtete ihn. Geronimo spürte die Aufregung durch den ganzen Körper pulsieren. Unglaublich – der wahrscheinlich beste Artist der Welt trainierte ihn gerade. Wahnsinn!

„Hol beim nächsten Mal mit den Armen Schwung und versuch noch höher zu springen. Behalt die Arme in deinem Sichtfeld."

Geronimo riss die Arme nach oben und wuchtete sich in die Luft. So hoch war er noch nie gesprungen. Es fühlte sich wie Fliegen an. Als er wieder nach unten fiel, ruderte er mit den Armen. Nach einer Weile hatte er sich an die Höhe gewöhnt.

„Gut. Schaffst du eine Drehung vorwärts und auf dem Po zu landen?"

„Ja, das kann ich."

Geronimo katapultiert sich nach oben, brachte sein Gewicht nach vorne, machte einen Überschlag in der Luft, und landete auf seinem Hintern.

„Das sieht gut aus. Schaffst du auch einen Vorwärtssalto?"

„Ja, habe ich schon gemacht."

„Dann los."

Geronimo holte Schwung, zog die Knie an, aber schaffte keine ganze Drehung, sondern landete wieder auf dem Po.

„Zieh deine Knie beim nächsten Mal noch enger an den Körper. Du musst eine Kugel in der Luft werden. Dann fällt dir die Rotation leichter."

Geronimo nickte, hüpfte einige Male und probierte es erneut. Diesmal zog er die Knie ganz nah an sich heran, schaffte die ganze Drehung und landete auf den Füßen.

„Nicht schlecht fürs erste Mal auf dem großen Trampolin! Respekt! Dann komm mal wieder runter."

Geronimo stieg vom Trampolin und ballte eine Faust. Er war richtig stolz auf sich. Er hatte den Salto hinbekommen. Und das Gefühl, mit Astan zu trainieren, war unbeschreiblich gut.

„Du willst Artist werden, richtig?"

„Auf jeden Fall!"

„Wie alt bist du?"

„Zwölf Jahre."

„Du hast eine gute Körperbeherrschung! Das ist eine wichtige Voraussetzung. Wie oft trainierst du in der Woche?"

„Zweimal in der Turn AG in meiner Schule."

„Wenn du Artist werden willst, musst du mehr trainieren, mindestens viermal die Woche. Am besten jeden Tag mit einem professionellen Coach. Hast du mal darüber nachgedacht, in einen Turnverein
oder eine Schule für Artisten zu gehen?"

„Ja, habe ich, aber mein Vater erlaubt es mir nicht."

Astan kniete sich vor ihn. „Ich habe selbst erst mit zwölf Jahren richtig angefangen zu turnen. Damals hat keiner geglaubt, dass ich einmal Artist werde. *Du bist zu alt, um noch richtig gut darin zu werden*, haben sie gesagt. Geld für einen Turnverein hatte meine Familie nicht. Aber ich wollte unbedingt Artist werden und habe jeden Tag dafür trainiert. Erst alleine. Dann wurde ich in einen Verein aufgenommen und habe mit einem Profi zusammen gearbeitet. Heute trete ich jedes Jahr vor Tausenden von Menschen auf und zeige Kunststücke, die vor mir noch keiner aufgeführt hat. Lass dir nie von jemandem vorschreiben, was möglich ist oder was du schaffen kannst. Es gibt immer einen Weg, auch wenn du ihn noch nicht kennst."

Astans Worte drangen direkt in Geronimos Herz. Es wurde ganz warm. Er fühlte sich unbesiegbar. Ja, er konnte es schaffen! Irgendwie würde er Albert überzeugen und in den Turnverein aufgenommen werden.

„Die wichtigsten Eigenschaften eines Artisten sind gute Körperspannung, Kraft, Beweglichkeit, Gleichgewichtssinn und der unbedingte Wille, es zu schaffen. Denk immer daran, glaub an dich und trainiere fleißig für dein Ziel. Wenn es – warum auch immer – nicht klappen sollte, weißt du, dass es nicht an dir gelegen hat, denn du hast alles versucht."

Geronimo war restlos überzeugt. Er würde alles in seiner Macht Stehende tun, um seinen Traum zu verwirklichen.

Astan legte ihm eine Hand auf die Schulter. „Wenn du mal zweifelst, denk daran, dass es nur Gedanken sind und nicht die Wahrheit. Lass sie ziehen und richte deine Kraft und jede deiner Handlungen auf dein Ziel aus." Er beugte sich hinunter. „Du kannst es schaffen", flüsterte er ihm ins Ohr.

„Ihr beide scheint euch ja prächtig zu verstehen." Mario Salmone lachte laut. „Nun lassen wir Astan weiter trainieren. Gleich ist die Nummer mit dem Sprungtuch dran und die muss wie am Schnürchen klappen."

„Danke, Astan", sagte Geronimo tief berührt.

„Gerne. Und vergiss nicht, was ich dir gesagt habe."

Geronimo nickte. Er hätte gern etwas erwidert, aber ihm fehlten die Worte.

Der Zirkusdirektor begleitete ihn aus der Manege.

„Na, wie gefällt dir das Zirkusleben jetzt? Willst du immer noch Artist werden?"

„Noch viel mehr als vorher!", sprudelte es aus Geronimo heraus.

„Sehr gut, dann hat sich dein Einbruch doch gelohnt." Mario Salmone grinste. Dann griff er in die Brusttasche seiner Weste und zog einen roten Plastikchip mit goldener Schrift heraus. „Das ist eine Dauereintrittskarte für gute Freunde des Zirkus und für talentierte Nachwuchsartisten. Die gilt für dich und eine weitere Person."

Geronimo traute seinen Augen kaum. Vorsichtig nahm er den Chip und betrachtete ihn. „Zirkus Salmone" stand darauf.

„Danke! Aber warum schenken Sie den ausgerechnet mir?"

„Nur wenige Jugendliche haben noch den Mut und sind verrückt genug, sich für das Leben in einem Zirkus zu entscheiden. Und diese wenigen unterstütze ich, so gut ich kann. Außerdem bist du ein sympathischer Junge." Er klopfte Geronimo auf die Schulter.

„Danke!" Geronimos Augen brannten, so sehr freute er sich.

Der Direktor gab ihm die Hand. „Bis bald, Geronimo."

„Bis bald, Herr Salmone."

14. Kapitel

„Hast du denn keinen richtigen Namen?"

„Ich kann mich nicht mehr an ihn erinnern. Es ist schon einige Jahrhunderte her, dass mich jemand damit angesprochen hat."

Malu öffnete die Augen und blinzelte. Es war schon heller Tag. Sie drehte den Kopf zur Seite. Geronimos Schlafplatz war leer. Die Isomatte und den Schlafsack hatte er dagelassen. Wohin war er gegangen?

Sie streckte die Hände über den Kopf und die Füße so weit von sich weg, wie sie konnte. Ihr Magen knurrte laut auf. Sie hatte Hunger. Malu ging hinaus in den Garten, pflückte einige Brombeeren von der Hecke und stopfte sie sich in den Mund. Lecker! Dann nahm sie den Eimer, ging zum Brunnen, füllte ihn und löschte ihren Durst. Das restliche Wasser im Eimer goss sie in eine Flasche und steckte sie in den Leinenbeutel. Das schöne Wetter lockte sie, die Gegend zu erkunden. Vielleicht wohnte sie ja nicht allein im Wald?

Sie pflückte ein paar Kirschen und legte sie zu der Flasche in den Beutel. Dann hängte sie ihn über die Schulter und ging zum schmalen Trampelpfad am Ende des Gartens. Die Äste der Bäume wucherten in den Pfad hinein. Sie musste sie beiseite drücken. Am Boden entdeckte sie die Spuren verschiedener Tiere, aber keine Fußabdrücke.

Nach etwa fünfzehn Minuten erkannte sie durch die Zweige der Bäume den Umriss eines Hauses. Wer wohnte hier nur? Vorsichtig schlich sie sich an. Vor dem Haus hatte jemand einen riesigen Garten angelegt. Malu versteckte sich hinter einem Baum. Es war irgendwie unheimlich, so tief im Wald auf ein Haus zu stoßen. Sie ließ ihren Blick über die Pflanzen im Garten schweifen. Im hinteren Teil entdeckte sie einen Mann, der Unkraut jätete. Sie kniff die Augen zusammen, um besser sehen zu können. Er trug eine olivfarbene Hose, ein beigefarbenes Hemd und einen gelben Strohhut. Plötzlich richtete er sich auf und schaute genau in ihre Richtung, als ob er gewusst hätte, dass sie da war. Dann nahm er den Strohhut vom Kopf und wischte sich den Schweiß von der Stirn. Schlohweißes langes Haar hing auf seine Schultern herunter. Er strahlte etwas Vertrautes aus. Ohne es beschreiben zu können, spürte sie tief in ihrem Herzen, dass er ihr nichts tun würde. Deshalb verließ sie die Deckung des Baumes und ging auf ihn zu.

Er lächelte freundlich. Sie hatte den Eindruck, ihm vertrauen zu können.

„Hallo, mein Name ist Malu."

„Hallo Malu, ich bin der Gärtner."

„Was ist das denn für ein komischer Name?"

„Eigentlich ist das kein Name, sondern ein Beruf. Ich baue Obst und Gemüse an und verkaufe es auf dem Markt in der Stadt. Deshalb nenne ich mich Gärtner."

„Hast du denn keinen richtigen Namen?"

„Ich kann mich nicht mehr an ihn erinnern. Es ist schon Jahrhunderte her, dass mich jemand damit angesprochen hat."

„Ich wusste gar nicht, dass Menschen so alt werden."

„Das tun sie nicht." Er nahm einen kräftigen Zug aus der Flasche, die neben ihm stand. Als er den Kopf nach hinten legte, baumelte ein Amulett aus dem Ausschnitt des Leinenhemdes. Das Licht in seinem Inneren funkelte hell auf.

„Was ist das?"

„Ein Amulett. Es beschützt mich vor der Finsternis."

„Die Geschichte von Licht und Finsternis", flüsterte Malu. „Ich bekomme sie nicht mehr ganz zusammen."

„Merkwürdig, die kennt doch jeder Stern." Der Alte runzelte die Stirn.

„Bist du auch einer?"

„Nein, ich bin ein Sternenhüter. Ich helfe Sternen." Er lachte. „Ist das nicht ein seltsames Wort?"

„Sternenhüter", wiederholte Malu. Das klang wirklich ungewöhnlich.

„Beim nächsten Mal erzähle ich dir die Geschichte. Dann erinnerst du dich sicher wieder."

„Warum nicht jetzt?"

„Wir haben noch etwas anderes zu tun und ich hasse es, mich zu hetzen. Gute Geschichten brauchen Zeit und Ruhe."

„Hast du schon oft Sternen geholfen?"

„Ja, einigen."

„Und wie machst du das?"

„Indem ich ihnen Obst und Gemüse aus meinem Garten schenke." Er lächelte. „Jetzt suchen wir Obst und Gemüse für dich aus. Ich schätze, du möchtest auch mal etwas anderes essen außer Brombeeren und Kirschen, oder? Du wohnst doch in der kleinen Hütte am Ende des Pfads?"

„Ja, woher weißt du das nun wieder?"

„Es kommt nie jemand her, außer den Bewohnern der kleinen Hütte, falls sie den Pfad hinter der Hecke entdecken."

Malu schaute sich im Garten um. „Das sind aber viele verschiedene Pflanzen, die du hier hast."

Er nickte. „Habe ich alle selbst gepflanzt." Der Gärtner deutete mit der Hand auf den Schuppen neben dem Haus. „Komm mit."

Im Schuppen lagerten reihenweise Körbe mit Gemüse und Obst in großen Regalen. „Kommt das alles aus deinem Garten?" Malu hätte es nie für möglich gehalten, dass der Garten so viel abwarf. Die Aussicht, mal etwas anderes zu essen als die Beeren aus ihrem Garten, ließ ihr das Wasser im Mund zusammen laufen.

„Ja. Ich habe ungefähr hundert Jahre herumprobiert, bis ich raus hatte, welche Pflanzen unter welchen Bedingungen am besten gedeihen. Wollen wir mal sehen. Hier haben wir eine Wassermelone und hier ein paar Pflaumen. Wie wäre es mit einer Schachtel Erdbeeren und dazu vielleicht noch etwas Gemüse? Paprika, Karotten, Tomaten und Eisbergsalat. Und dann willst du sicher noch mein köstliches selbstgebackenes Sauerteigbrot probieren." Der Gärtner nahm einen leeren Korb von einem Stapel und verstaute die Sachen darin. „Wenn du möchtest, kannst du jederzeit kommen und ihn wieder auffüllen." Er trug den Korb vor den Schuppen.

Die Sonne hatte sich gesenkt und die Bäume warfen lange Schatten auf den Garten.

„Du hast gesagt, du verkaufst das Obst in der Stadt."

„Richtig."

„Ich möchte morgen einen Freund von der Schule abholen, weiß aber nicht, wo sie ist."

„Warte." Er ging ins Haus und kehrte mit einer Karte in der Hand zurück, kniete sich hin und breitete sie aus. „Hier ist die alte Jagdhütte, in der du wohnst. Dieser gestrichelte Weg führt zur Straße. Du gehst sie entlang, biegst dann hier ab und gehst diese

Straße weiter. Dann kommst du direkt zur Schule. Das ist die einzige Schule für Kinder in deinem Alter in der Nähe, die ich kenne."

„Gut. Ich versuche es dort. Darf ich die Karte mitnehmen?"

„Sicher."

„Dankeschön!"

„Gerne. Du kannst zu mir kommen, wann immer du willst. Nur montags bin ich auf dem Markt."

„Also morgen."

Er nickte.

„Dann bis übermorgen."

Er lächelte sanft.

Sie nahm den Korb, durchquerte den Garten und lief den Trampelpfad entlang. Auf der Hälfte des Rückwegs machte sie halt. Der Korb war schwer und ihre Handflächen brannten. Schweiß strömte ihre Stirn und ihren Rücken hinunter. Sie konnte einfach nicht mehr. Sie setzte sich auf einen Baumstumpf, nahm die Flasche aus dem Beutel und goss sich etwas Wasser über die Hände. Das tat gut. Sie führte die Flasche zum Mund und wollte etwas trinken, da begannen plötzlich die Blätter über ihr merkwürdig zu rauschen. Sie schloss die Flasche und legte sie in den Beutel. Die Bäume neigten sich zur Seite wie in einem Herbststurm. Dann verschwand die Sonne hinter einer dunklen Wolke. Malu bekam Angst. Was ging hier vor sich? Ihre Zähne begannen zu klappern. Sie streifte den Beutel über die Schulter, griff den Korb und wollte weiter laufen. Schlagartig kühlte sich die Luft ab.

„Da bist du also, kleiner Stern!", schrie jemand mit schriller krächzender Stimme.

Das schwarze Wesen. Oh nein!

„Habe ich dich endlich gefunden!"

Malu schaute sich panisch um. Ihr Herz begann zu rasen. Da! Das schwarze Wesen raste zwischen den Bäumen hindurch direkt auf sie zu. Sie drehte sich um und begann zu rennen. Ihre Muskeln schmerzten unter der Last des Korbes. Sie fühlte, wie das Wesen in ihrem Rücken immer näher kam, aber wagte nicht, sich umzublicken.

„Renn nur! Du kannst mir nicht entkommen! Wirst als Sternenstaub enden."

Malu lief so schnell, wie es ihre Beine hergaben. Da vorne war die Lichtung. Sie erreichte den Garten. Die eisige Kälte spürte sie direkt in ihrem Nacken. Sie rannte am Brunnen vorbei. Fünf Meter noch bis zur Hütte. Drei. Nicht umschauen. Sie stolperte. Fing sich wieder. Riss die Tür auf und schlug sie hinter sich zu.

„Rums!" Das schwarze Ding prallte von außen gegen die Tür. Sie ruckelte. Die Kälte drang durch die Ritzen. Gleich würde das Wesen die Tür durchbrechen. Sie hielt mit aller Kraft dagegen. Aber die Tür öffnete sich einen Spalt. Und noch einen. Malu begann zu weinen. Schwarzer Nebel und eisige Kälte schoben sich hindurch und berührten sie. Es war, als würde das Ungeheuer ihr die Kraft aus dem Leib saugen. Ihr fiel nichts ein, womit sie sich dagegen wehren konnte. Malu schluchzte verzweifelt. Sie wusste nicht, was sie noch tun sollte und schloss die Augen. „Immerwährendes Licht, bitte hilf mir", betete sie. Malu versuchte, sich an dessen Kraft zu erinnern, wie sie sie durchströmt hatte. Ihr Mut kehrte zurück und sie schrie laut auf: „NEIN! Du hinderst mich nicht daran, meine Aufgabe zu erfüllen! Ich bin ein Teil des Lichts und wo Licht ist, kann keine Finsternis sein!"

In diesem Moment ließ die schwarze Masse von ihr ab. Die Tür schloss sich Stück für Stück. Das Rütteln hörte auf.

„Ich bekomme dich! Wirst schon sehen!", brüllte das schwarze Wesen zornig. „Ich komme wieder!" Hysterisches Lachen folgte. Dann wurde es still. Die Kälte verschwand.

Malu rutschte langsam zu Boden. Sie fühlte sich wie ausgelaugt. Das Wesen hatte ihr fast die ganze Kraft geraubt. Sie streckte sich aus. In ihren Ohren rauschte es, und sie hatte das Gefühl zu fallen. Warum hatte das immerwährende Licht sie nicht davor gewarnt? Sie konnte keinen klaren Gedanken mehr fassen und war total am Ende.

Jemand pochte ans Fenster. Sie zuckte zusammen und schaute, woher das Geräusch kam. Ein glitzernder Punkt schwebte vor dem Fenster. Der Kolibri ließ sich auf dem Fensterbrett nieder, als ob er einen Wachposten beziehen würde. *Was kann der winzige Kerl schon gegen das schwarze Ungeheuer ausrichten*, dachte Malu. Dennoch beruhigte sie die Anwesenheit ihres kleinen Freundes. Sie schloss die Augen und schlief vor Erschöpfung ein.

15. Kapitel

„Du berührst mein Herz mit deinem Licht."

„Gero!", schrie Ben.

Geronimo drehte sich um. Nicht schon wieder. Er hatte gehofft, dass Ben ihn heute in Ruhe lassen würde. Lukas war krank und alleine hatte Ben meistens keine Lust. Fehlanzeige. Noch konnte er ihm entkommen. Geronimo warf sich herum und wollte gerade zum Sprint ansetzen, aber da stand jemand im Weg.

„Hallo, Geronimo." Malu strahlte ihn an.

„Malu? Was machst du denn hier?"

„Ich hole dich von der Schule ab."

Stimmt, das hatten sie besprochen. Geronimo hatte es nach dem aufregenden Erlebnis im Zirkus ganz vergessen gehabt.

Sie lächelte. Er mochte ihre warme und freundliche Ausstrahlung. Aber heute sah sie ziemlich erschöpft aus.

„Schnell, wir müssen weg!" Er deutete nach vorn. Ben kam auf sie zugestürmt.

„Warum?"

„Erklär ich dir später. Komm jetzt!"

Geronimo wollte losrennen, aber es war zu spät. Ben hatte ihn schon erwischt. Er riss ihn am Schulrucksack nach hinten.

„Jetzt bist du dran! Rotauge! Hagebutten-Montag!" Ben lachte und packte Geronimo am Arm. Er beachtete Malu überhaupt nicht.

„Wer bist du?", fragte sie ihn.

Ben schaute Malu an. Für einen Moment blieb er vollkommen

regungslos stehen. Er sah irgendwie überrascht aus.

Geronimo riss sich los.

„B-Ben, ich heiße Ben."

„Hallo Ben, mein Name ist Malu." Sie streckte ihm die Hand entgegen.

Ben schaute auf Malus Hand. „Bist du eine Freundin von Geronimo?"

„Hau lieber ab", flüsterte Geronimo Malu zu. Sie kannte Ben nicht. Gleich würde sie sein nächstes Opfer sein.

„Was willst du von Geronimo?", fragte sie unbeeindruckt.

Ben öffnete den Mund. Es war die typische Bewegung, bevor er einen gemeinen Spruch machte. Aber er bekam keinen raus. Er schüttelte den Kopf und versuchte es erneut.

Malu schaute ihn ruhig an.

Ben versuchte, ihrem Blick auszuweichen, und fuchtelte mit den Armen in der Luft herum. „I-Ich möchte ihm Hage-Hagebutten ins Hemd st-stecken", quälte er die Worte über seine Lippen. Dann machte er große Augen und tastete mit der Hand seinen Mund ab, als ob er einen Frosch darin hätte.

„Warum?", fragte Malu gelassen.

Ben schaute sie an und lächelte für einige Sekunden wie ein kleines Kind, das einen Lolli geschenkt bekommen hatte.

Geronimo verstand die Welt nicht mehr. Was passierte hier gerade? Warum führte sich Ben wie der letzte Depp auf?

Jetzt riss Ben die Augen auf und hielt sich die Hände vor den Mund. „Mh aaatsch muuuah", lallte er.

„Ich verstehe nicht, was du meinst", antwortete Malu.

Ben schüttelte den Kopf und drückte die Hände fester auf die Lippen. Er schien sich mit aller Kraft gegen die Worte zu sträuben, die aus seinem Mund kommen wollten. Aber als ob jemand

Unsichtbares daran gezogen hätte, glitten die Hände plötzlich hinunter. Geronimo glaubte, panische Angst in Bens Augen zu erkennen.

Im nächsten Moment fing Ben an, zu schluchzen. „W-weil ich ge-gemein bin", sagte er und starrte Malu an, als sei sie eins der sieben Weltwunder.

„Hat Geronimo dir irgendetwas getan?"

„Nein", krächzte Ben und stampfte mit dem Bein auf wie ein trotziges Kleinkind.

„Dann wirst du ihn in Zukunft in Ruhe lassen?"

Er nickte zaghaft.

„Versprichst du mir das?", hakte Malu nach.

„Ja", flüsterte er.

„Danke, Ben." Malu lächelte.

Er musterte Malu von oben bis unten, schüttelte den Kopf und fuhr sich mit den Händen durch die Haare.

„Auf Wiedersehen, Ben." Sie hielt ihm die Hand hin.

Ben musterte ihre Hand, schrie auf, drehte sich um und rannte davon.

Malu schaute ihm nach. Dann drehte sie sich zu Geronimo um. „Was für ein merkwürdiger Junge. Warum ist er so schüchtern?"

„Eigentlich ist er das nicht", antwortete Geronimo. „Wie hast du das gemacht?"

„Was meinst du?"

„Wie hast du ihn dazu gezwungen, die Wahrheit zu sagen und seine Arme und Hände kontrolliert?"

„Das habe ich gar nicht. Ich habe nur versucht, ihm freundlich zu klarzumachen, dass er dich in Ruhe lassen soll."

Auf dem Weg zu Malus Hütte überlegte Geronimo fieberhaft, was da eben vor sich gegangen war. Aber ihm fiel einfach keine logische Erklärung ein. Vielleicht hatte Malus Wärme und Freundlichkeit Ben auf wundersame Weise unfähig gemacht, fies zu sein. Aber das war vollkommen verrückt! Niemand konnte Ben daran hindern, die gemeinsten Dinge zu tun, bis auf Malu – offenbar.

Als sie an den Waldrand kamen, wurde Malu unruhig. Sie schaute sich nach allen Seiten um.

„Was ist los?"

„Nichts, ich gucke nur, ob wir ungestört sind. Gestern ist ein großer grauenhafter Hund hier langgelaufen. Er hat mich fast zu Tode erschreckt."

Geronimo blickte sich um. „Keine Angst, er ist nicht mehr da. Du siehst irgendwie erschöpft aus. Ist was passiert?"

„Nichts, ich habe mich nur vor dem Hund erschreckt und letzte Nacht ziemlich schlecht geschlafen."

Er war sich nicht sicher, ob sie die Wahrheit sagte, aber ließ es auf sich beruhen. Er wollte nicht, dass Malu sich unwohl fühlte.

Sie folgten dem Pfad in den Wald. Geronimo fühlte sich hin- und hergerissen. War es möglich, dass Malu wirklich ein Stern war? Anders konnte er sich die Szene mit Ben gerade nicht erklären.

„Haben Sterne eigentlich besondere Fähigkeiten?", fragte er neugierig.

„Ja, die Fähigkeiten, die das immerwährende Licht ihnen schenkt."

„Du hast gesagt, du konntest mein Licht sehen."

„Ja, diese Gabe hat mir das Licht geschenkt und Wissen über die Menschen und Tiere."

„Ich glaube, du hast noch ein weiteres Talent."

Sie blieb stehen und schaute ihn an. „Welches?"

„Als ich dich das erste Mal gesehen habe, ist mir deine besondere Ausstrahlung aufgefallen. Es hat sich angefühlt wie eine warme Welle, die direkt in mein Herz schwappte. Ich glaube, das hat Ben heute auch gespürt und genau das hat ihn völlig entwaffnet. Etwas in mir sträubt sich dagegen, aber ich denke, du bist wirklich ein Stern.

Anders kann ich mir nicht erklären, wie du Ben in die Flucht geschlagen hast."

Malu fiel ihm um den Hals. „Danke, Geronimo! Danke! Es bedeutet mir viel, dass du mir endlich glaubst!"

Er streichelte vorsichtig ihren Rücken.

„Vor einiger Zeit habe ich nachts zum Himmel geschaut und mir gewünscht, dass es dort oben einen Stern gibt, der mir helfen kann. Vielleicht bist du die Antwort", flüsterte er.

Tränen flossen ihre Wangen hinunter und tropften auf seine Schulter. „Das ist wunderschön." Sie ließ ihn los und sah ihn an. „Möchtest du mir von deinem Traum erzählen?"

Er nickte. „Ich will Artist werden."

„Oh, ich weiß! Artisten führen Kunststücke vor Publikum in einem Zirkus auf, richtig?"

„Genau!" Der Gedanke daran ließ sein Herz vor Freude überquellen. Er lachte.

„Geronimo, ich sehe dein inneres Licht strahlen!", sagte sie leise. „Es ist so schön!" Sie nahm ihn in die Arme und drückte ihn an sich.

Er spürte, wie ihre Tränen an seinem Hals hinunter liefen.

„Du berührst mein Herz mit deinem Licht."

Er fühlte ihre Locken in seinem Gesicht und hörte sie leise schluchzen. Dann verlor sich das Schluchzen im Rauschen des Windes. Die Wärme, die von ihr ausging, strömte direkt in sein Herz und von dort durch seinen ganzen Körper.

Sie hob den Kopf. „Was genau sind das denn für Kunststücke, die Artisten machen?"

„Zeige ich dir." Er nahm ihre Hand und sie liefen zur Jagdhütte. Geronimo wartete, bis sie sich auf den Rand des Brunnens gesetzt hatte. Er holte Schwung und schlug ein Rad zur rechten Seite – seiner Schokoladenseite – und dann eines zur linken.

„So was können Artisten und noch vieles mehr. Schau her!" Er machte einige Vorwärtsrollen auf dem Rasen und schwang sich wieder in den Stand. Um ihm herum drehte es sich ein wenig. „Ich liebe dieses Gefühl, wenn mir davon schwindelig wird!"

„Was für ein schöner Traum", sagte Malu.

Er senkte den Kopf. „Ja, aber mein Vater hält nichts davon."

„Warum?"

„Er glaubt, dass es keinen Platz für Träume in unserer Welt gibt, und dass man als Artist nicht genug Geld zum Leben verdient."

„Ist das denn so?"

„Man kann davon gut leben, aber nicht so, wie er es für richtig hält. Artisten wohnen nicht an einem festen Ort in einem großen Haus und haben irgendeinen langweiligen Bürojob und einen geregelten Alltag. Jeder Tag ist ein Abenteuer. Sie leben in Wohnwagen und fahren mit dem Zirkus von Stadt zu Stadt. Sie tun, was sie lieben und machen die Menschen damit glücklich."

„Das klingt unglaublich aufregend!"

„Finde ich auch." Er lächelte.

„Was musst du denn tun, um Artist zu werden?"

„In einen Turnverein eintreten und sehr viel trainieren."

„Dann mach das doch!" Sie rieb die Hände aneinander.

„Das geht nur, wenn mein Vater zustimmt. Albert würde mir das nie erlauben." Geronimo fühlte Schmerz in seiner Brust. Den gleichen Schmerz wie beim Kuchenessen mit Albert und an dem Abend, als er auf dem Fensterbrett gesessen und in den Himmel geschaut hatte. „Für meinen Vater ist mein Traum nur ein Hirngespinst."

Malu streichelte über seinen Rücken. „Ich bin hier, um dir zu helfen, deinen Traum zu erfüllen. Ich weiß noch nicht, wie wir es schaffen, aber eins weiß ich: dass wir es schaffen."

Abends im Bett starrte Geronimo an die Decke. Er wusste nicht, ob er sich freuen oder ob er weinen sollte. Er war froh, Malu an seiner Seite zu haben. Es fühlte sich großartig an, nicht mehr allein zu sein. Aber wie wollte sie Albert dazu bringen, ihn in den Turnverein gehen zu lassen? Vielleicht war sie so optimistisch, weil sie ihn noch nicht kannte. Albert umzustimmen war, wie das Verrücken eines Berges – einfach unmöglich. So viel stand fest.

16. Kapitel:

„Ich bin mir sicher, dass du viel mehr kannst, als du gerade glaubst."

Malu wälzte sich schlaflos auf der Luftmatratze hin und her. Etwas Merkwürdiges war geschehen. In dem Moment, als Geronimo ihr seinen Traum verraten hatte, war ein Wunsch in ihr entstanden, der sie verwirrte. Sie wollte Geronimo helfen, ohne etwas dafür zu bekommen. Die Aussicht, dadurch möglichst schnell wieder zu ihrer Wolke zurückzugelangen, war ihr nicht mehr wichtig. Ja, sie fühlte sich dort oben zuhause. Und ja, sie vermisste Urion und das Spazierenschweben und die Lichter der Planeten und Sterne. Aber all das hatte auf einmal nicht mehr dieselbe Bedeutung wie vorher.

Sie schaute nach draußen. Die Dämmerung setzte ein. Sie stand auf, zog sich an, trank einen Schluck Wasser aus der Flasche und steckte sich ein paar Erdbeeren in den Mund. Nun war es hell genug, um aufzubrechen. Vorsichtig öffnete sie die Tür und ging bis zum Ende des Gartens. Ihr Herz schlug schnell, als sie den schmalen Pfad betrat. Die Erinnerung an das schwarze Ding trieb ihr Gänsehaut auf die Unterarme. Sie schlich den Pfad auf Zehenspitzen entlang. Es fühlte sich wie eine Ewigkeit an, bis das Haus des Gärtners in Sicht kam. Die letzten Meter rannte sie, so schnell sie konnte, und schaute sich dabei immer wieder um. Aber das schwarze Wesen war nicht zu sehen.

Grauer Rauch stieg aus dem Schornstein des Hauses. Sie klopfte und hörte Schritte. Dann wurde die Tür geöffnet.

„Guten Morgen, Malu. Ich hätte nicht gedacht, dass du so früh schon auf den Beinen bist."

„Guten Morgen, Gärtner. Es ist wichtig", sagte sie ernst.

Falten zeichneten sich auf seiner Stirn ab. „Komm rein. Ich koche uns einen Tee mit Honig. So viel Zeit wird wohl sein."

Sie nickte.

Seelenruhig stellte er einen kleinen Topf mit Wasser auf den Kohleofen, nahm zwei Tassen aus dem Schrank und gab jeweils einen Löffel Honig hinein. Dann füllte er zwei Teesiebe mit frischen Kräutern und legte sie in die Tassen. Das heiße Wasser brodelte und zischte, als er den Tee aufgoss. Eine Tasse stellte er vor Malu ab, setzte sich an den Tisch und trank einen Schluck aus der anderen. „So, dann erzähl mal."

Malu berichtete von dem Angriff des schwarzen Wesens im Wald. Je mehr sie erzählte, desto besorgter sah der Gärtner aus. Als sie fertig war, atmete er tief ein.

„Ein Schattenwächter", flüsterte er. „Es muss Jahrhunderte her sein, dass der letzte hier war."

Malu fröstelte, als sie das Wort wiederholte. Der Wind heulte und einer der Fensterläden knallte zu.

„Was ist ein Schattenwächter?"

„Du kannst dich wirklich nicht an die Geschichte vom Licht und der Finsternis erinnern. Verrückt."

„Ich weiß nur noch Teile davon. Immer, wenn es um das schwarze Ding geht, fehlt mir etwas."

„Ist dir, seitdem du Strahlkraft verlassen hast, irgendetwas Merkwürdiges aufgefallen?"

„Kurz vor Erreichen der Erde bin ich mit einem Asteroiden zusammengestoßen, aber ich weiß nicht mehr, was genau passiert ist. Nur, dass mich das Licht zur Erde gebracht hat."

„Ich habe noch nie davon gehört, dass Sterne wie du mit etwas zusammengestoßen sind. Ihr seid so flink, dass ihr jedem Himmelskörper ausweichen könnt."

„Erzähl mir mehr über diesen Schattenwächter."

„Sie sind Helfer der Finsternis."

„Wie konnte er mich finden?"

„Er spürt deine Präsenz und folgt der Spur deines inneren Lichtes. Es ist Zeit, dass ich dir die Geschichte erzähle. Vielleicht erinnerst du dich dann besser. Hör gut zu. Vor langer Zeit gab es das Nichts. Aus diesem Nichts entstand eine Kraft. Sie war vollkommen gut. Ihr einziges Ziel bestand darin, zu erschaffen. So schuf sie das Weltall, die Planeten, die Sterne und alle anderen Himmelskörper. Und sie kreierte das Licht und die Finsternis als sich ausgleichende Mächte. Denn wo Licht ist, fällt immer auch Schatten und ohne die Dunkelheit kann das Licht nicht strahlen.

Dann entschied die Kraft, Leben zu schaffen, indem sie sich teilte. Jeder noch so winzige Teil von ihr wurde lebendig und strebte ins Weltall. Die Teile flogen bis in die entferntesten Winkel und besiedelten die entlegensten Planeten.

Mit ihrem letzten Schöpfungsakt übergab die Kraft alles Leben in die Obhut des Lichts und der Finsternis, auf dass beide es gleichberechtigt hüten sollten. Lange wachten die beiden Kräfte im Einklang über das Weltall und alles Leben darin. Dann entwickelten sich auf der Erde aus winzigen Organismen Tiere und Menschen."

Der Gärtner hielt inne. Für einen Moment wich die Sorge aus seinem Gesicht und er lächelte milde. „Die Menschen sind liebenswerte und gleichzeitig sehr widersprüchliche Geschöpfe – wie die Sterne auch." Dann legte sich der Schatten wieder auf sein Gesicht. „Der Finsternis gefiel die Vorstellung, alleine über Planeten zu herrschen. Machtgier erwachte in ihr. Deshalb erschuf sie Schattenwächter und sandte sie auf die Erde und andere Welten. Die Schattenwächter sollten Furcht in die Herzen der Bewohner säen. Denn die Finsternis wusste, dass sie dann leicht zu unterwerfen waren.

Aber das Licht durchschaute diesen Plan. Es wollte, dass die Menschen und die andere Lebewesen frei lebten. Deshalb erweckte es die Sterne zum Leben und schickte sie auf die besetzen Planeten. Auf der Erde sollen die Sterne den Menschen helfen, ihre Träume zu verwirklichen. Von da an reisten die Sterne als Boten der Freude und der Liebe zu den Menschen und halfen ihnen, ihre Ängste zu überwinden. Die Freude und Liebe siegten über die Angst. Denn die Natur des Menschen ist es nicht, sich zu fürchten, sondern zu lieben und voller Freude das Leben zu entdecken. Die Finsternis zog die Schattenwächter von der Erde und den anderen Planeten ab und schloss mit dem Licht einen Pakt. Die Menschen sollten fortan allein über ihr Schicksal verfügen. Nur in wenigen Fällen dürfen Sterne noch auf die Erde reisen und Menschen helfen. Denn bevor die ersten Sterne hierher kamen, waren schon sehr viele Schattenwächter zur Erde gereist. Diese mussten die Erde verlassen, und das Licht beanspruchte für sich, so viele Sterne auf die Erde zu senden, wie die Finsternis ehemals Schattenwächter geschickt hatte."

Malu ließ die Geschichte auf sich wirken. Es beruhigte sie, dass das Licht die Finsternis schon einmal besiegt hatte. Gleichzeitig spürte sie Furcht, denn es gab die Finsternis noch immer. Sie tippte unruhig mit ihrem Fuß auf den Boden.

„Warum jagt der Schattenwächter mich?"

Der Gärtner rieb sich mit den Händen über das Gesicht. Er sah erschöpft aus. „Das bedeutet nichts Gutes, fürchte ich. Der

Finsternis kann man nicht trauen. Ihr Machtstreben kennt keine Grenze. Vielleicht will sie testen, wie stark die Macht des Lichts auf der Erde ist." Er betrachtete sie.

„Bin ich etwa die Macht des Lichts auf der Erde?"

Der Gärtner nickte.

„Aber was soll ich tun?"

„Was hat der Schattenwächter genau zu dir gesagt?"

„Dass er mich kriegen wird und ich als Sternenstaub ende."

„Weißt du, was mit Sternen passiert, die ihre Aufgabe nicht erfüllen?"

Malu schluckte. „Sie verlieren ihr Licht und zerfallen zu Sternenstaub."

„Der Schattenwächter wird alles dafür tun, dir dein Licht zu nehmen. Er wird versuchen, dich daran zu hindern, deine Aufgabe zu erfüllen. Du musst sie zu Ende bringen. Das zeigt der Finsternis, dass das Licht noch immer mächtiger ist als sie."

„Aber wie soll ich mich gegen den Schattenwächter wehren?"

„Hat dir das Licht kein Wissen darüber geschenkt?"

„Ich kann mich nicht mehr daran erinnern."

„Du trägst einen Teil des Lichtes der immerwährenden Weisheit in dir."

„Du meinst mein inneres Licht?"

„Ja. Du musst dich mit der Macht des Lichtes in dir verbinden und gegen ihn kämpfen. So, wie du es schon einmal getan hast."

Malu senkte den Kopf. „Ich weiß nicht, ob ich genügend Kraft dafür habe. Ich konnte ihn vertreiben, aber nicht besiegen. Und danach hatte ich keine Energie mehr."

„Dann lerne, dich bewusst mit dem Licht zu verbinden und seine Kraft zu lenken. Es gibt einen Grund, warum gerade du hier auf der Erde bist. Das Licht hat dir besondere Gaben geschenkt und vielleicht eine besondere Qualität in dir gesehen, sonst hätte es dich niemals auf diese Mission geschickt. Jeder Stern bekommt eine faire Chance." Der Gärtner stand auf, kniete sich vor sie und schaute sie liebevoll an. „Denk daran, es hat den letzten Kampf gewonnen, und die Kraft des Lichts steckt auch in dir. Du kannst diesen Kampf gewinnen."

„Was passiert, wenn ich es nicht schaffe?"

„Das wird nicht geschehen."

„Aber wenn."

„Die Finsternis wird mehr Schattenwächter auf die Erde schicken. Sie werden den Menschen Angst und Selbstzweifel einflüstern und versuchen, sie zu unterwerfen. Der Kampf zwischen Licht und Finsternis beginnt von Neuem."

„Ich habe fürchterliche Angst, dass ich versage."

Der Gärtner drückte ihre Hand. „Ich bin mir sicher, dass du viel mehr kannst, als du gerade glaubst."

„Danke, Gärtner", flüsterte sie. Dann dachte sie an Geronimo und fuhr hoch.

„Was ist?"

„Ich mache mir Sorgen um meinen Freund, was ist, wenn der Schattenwächter ihm etwas antut?"

„Schattenwächter können Menschen nicht angreifen, weil sie selbst keine feste Gestalt besitzen. Und sie können Menschen nur sehen, wenn sie sich bewegen. Aber eine Person, die sehr viel Furcht im Herzen trägt, deren inneres Licht zu einem Fünkchen geworden ist, können sie gefügig machen. Diese Menschen nehmen die Stimme des Schattenwächters als ihre eigenen Gedanken wahr. Dann kann ein Schattenwächter Besitz von ihrem Körper ergreifen."

„Geronimos inneres Licht strahlt! Es ist wunderschön."

„Dann brauchst du dir um ihn keine Sorgen zu machen."

„Können Menschen Schattenwächter sehen?"

„Nein, aber ihre Kälte spüren und ihre Stimme hören."

Malu dachte an die Kollision mit dem Asteroiden und begann zu zittern. Kälte breitete sich in ihrem Körper aus.

"Was ist los?" Der Gärtner musterte sie besorgt.

„Können Schattenwächter auch von Dingen besitzt ergreifen?"

„Was meinst du?"

„Könnte der Schattenwächter auch Besitz von dem Asteroiden ergriffen haben, mit dem ich zusammengestoßen bin?"

„Davon habe ich noch nie gehört, aber wenn die Finsternis einen sehr mächtigen Schattenwächter erschaffen hat, ist das sicher möglich."

„Ich erinnere mich an eine Stimme, die ich vor dem Zusammenprall gehört habe. Dieselbe wie bei dem Angriff im Wald. Und ich glaube, dass es der gleiche Schattenwächter war, der über die Galaxienspirale nach Strahlkraft gekommen ist."

„Ein Schattenwächter hat sich dorthin gewagt?"

Malu nickte. „Er hat gesagt, dass er mir das Wissen über ihn nimmt und wie ich ihn besiegen kann."

Der Gärtner holte das Amulett hervor und betrachtete es. Er steckte das Amulett wieder unter das Hemd, ließ sich gegen die Stuhllehne zurücksinken, nahm einen kräftigen Schluck Tee und räusperte sich.

„Zumindest weißt du jetzt wieder, was geschehen ist und was du tun kannst." Dann stand er auf, nahm die Tassen und stellte sie neben den Herd. „Möchtest du noch eine Tasse Tee?"

„Nein, ich muss etwas erledigen. Dafür brauche ich deine Hilfe."

„Was soll ich tun?"

„Kennst du den Turnverein in der Stadt?"

Er nickte. „Der ist nicht weit vom Markt entfernt."

„Geronimos Traum ist, Artist zu werden, dafür muss er in den Turnverein aufgenommen werden. Und ich will herausfinden, was er dafür können muss."

„Möchtest du, dass ich mit dir gemeinsam dort hingehe?"

„Nein, ich will, dass du mir den Weg auf der Karte zeigst. Ich gehe alleine."

Der Gärtner lächelte. „Wie gesagt, ich glaube, du kannst viel mehr, als dir gerade bewusst ist."

17. Kapitel

„Wir finden einen Weg. Glaub mir."

Tosender Applaus donnerte von den Rängen in die Manege hinunter. Malu hielt sich die Ohren zu. So etwas Lautes hatte sie noch nicht gehört, seit sie auf der Erde angekommen war. Geronimo sprang auf, trampelte wie wild mit den Füßen und klatschte. „Bravo, Astan", schrie er begeistert. Sein inneres Licht leuchtete hell auf.

„Komm, du musst auch klatschen", rief er durch das Tosen.

Malu nahm die Hände vorsichtig von den Ohren und begann zu applaudieren.

Astan verbeugte sich nach allen Seiten, winkte dem Publikum zu und verließ die Manege.

„War das nicht großartig? Er hat es wieder geschafft, zehn Saltos hintereinander. Wahnsinn! Einfach unglaublich."

Malu lächelte. Geronimos Begeisterung war ansteckend.

Der Zirkusdirektor ergriff das Wort, bedankte sich bei den Zuschauern für ihren Besuch und bat sie, beim Verlassen des Zelts Rücksicht aufeinander zu nehmen.

Malu und Geronimo gingen zum Ausgang. Der Zirkusdirektor wartete dort und verabschiedete die Besucher persönlich.

„Hallo, Geronimo." Er winkte ihnen zu.

„Hast du Verstärkung mitgebracht? Auch eine angehende Artistin?"

„Das ist Malu, eine Freundin."

„Hallo, Malu."

„Hallo." Sie gab dem Direktor die Hand.

„Dein Händedruck öffnet mir förmlich das Herz", sagte er sanft.

„Ja, das kann sein." Malu grinste.

„Ich hoffe, die Vorstellung hat euch gefallen."

„Sie war der Wahnsinn! Astan ist einfach der Beste."

„Vielleicht führt ihr die Nummer irgendwann gemeinsam auf, du und Astan. Stell dir vor, ihr beide macht synchron zehn Vorwärtssaltos. Das wäre grandios!"

Malu schaute zu Geronimo. Seine Augen leuchteten vor Begeisterung.

Der Direktor zog etwas aus der Brusttasche. „Schau mal, Malu. Ich habe etwas für dich."

Er legte einen Aufkleber mit blau-roten Streifen, die zwei Buchstaben einrahmten, in ihre Hand. „Danke." Der Direktor schien tatsächlich so freundlich zu sein, wie Geronimo ihn beschrieben hatte.

„Geronimo, wenn du Lust hast, kannst du nächste Woche vorbei kommen, Astan freut sich bestimmt über deinen Besuch. Vielleicht gibt er dir noch ein paar Tipps."

„Super, das mache ich!"

„Habt noch einen schönen Nachmittag, ihr beiden."

Sie verließen das Zelt und liefen zur Bushaltestelle.

„Mega cool, ich darf Astan wieder besuchen."

„Vielleicht kannst du wirklich irgendwann gemeinsam mit ihm auftreten."

Er lächelte. Dann ließ er den Kopf hängen.

„Was ist?"

„Ich weiß einfach nicht, wie wir Albert dazu bringen können, mich in den Turnverein gehen zu lassen."

„Wir finden einen Weg! Glaub mir."

Die Bremsen des Busses quietschten und die Türen öffneten sich. Sie setzten sich in die letzte Reihe, damit sie sich ungestört unterhalten konnten. Malu holte die Broschüre aus dem Leinenbeutel. „Schau dir das mal an."

„Was ist das?"

„Ich war heute beim Turnverein und habe gefragt, was du tun musst, um aufgenommen zu werden."

Geronimo wirkte überrascht. „Super, danke." Er blätterte in der Broschüre.

„Du musst einen Aufnahmetest machen, weil es nur wenig freie Plätze in der Gruppe für Artistik gibt. Sie prüfen deine Beweglichkeit, dein Rhythmusgefühl, deine Koordinationsfähigkeit und die darstellerische Ausdruckskraft."

„Hier stehen die Turnübungen, die sie erwarten. Einige kann ich schon. Gut. Was heißt denn *darstellerische Ausdruckskraft*?" Er runzelte die Stirn.

„Habe ich nachgefragt. Das ist ein anderes Wort für schauspielerisches Talent."

„Ich habe noch nie geschauspielert."

„Dann üben wir das eben. Die Frau meinte, du musst dich in eine andere Rolle versetzen und sie glaubhaft rüberbringen können."

„Hat sie auch gesagt, welche Rolle?"

„Nein, das war nur ein Beispiel für eine Prüfungsaufgabe."

„Mein Vater wird nie erlauben, dass ich für den Test übe."

„Ich habe eine Idee."

„Schieß los."

„Deinem Vater ist es wichtig, dass du gut in der Schule bist. Was ist, wenn du ihm zeigst, dass Turnen und Schule keine Gegensätze sind?"

„Wie soll ich das machen?"

„Streng dich mehr für die Schule an und nebenbei trainieren wir gemeinsam heimlich für die Aufnahmeprüfung. Zeig ihm, dass du beides vereinen kannst."

Der Bus hielt ruckartig. Malu wippte nach vorne.

„Wir müssen raus." Geronimo stand auf und drückte auf den Knopf neben der Tür. Malu folgt ihm.

„Fragt sich nur, wann ich trainieren soll. Ich habe ab nächste Woche zweimal am Nachmittag Mathenachhilfe. Das heißt: ein Tag weniger Turn AG. Albert hat sich nicht davon abbringen lassen."

„Lass dir von deinem Lehrer alle Übungen zeigen, die du für den Aufnahmetest brauchst. An den anderen Tagen wiederholen wir sie, bis sie perfekt sitzen, und trainieren dazu noch Schauspiel und Rhythmusgefühl."

„Kling gut. Das könnte klappen", sagte Geronimo nachdenklich.

Der Bus hielt. Die beiden stiegen aus und liefen in die Richtung von Malus Zuhause.

Malu holte Luft. Jetzt war der Moment gekommen. Ihr Magen fühlte sich an, als ob ein Schwarm wild gewordener Bienen darin herum flöge. „Ich muss dir etwas sagen."

Geronimo schaute sie fragend an. „Was denn?"

„Letztens im Wald. Das war kein wildgewordener Hund. Es gibt noch eine andere Kraft als das immerwährende Licht der Weisheit."

Geronimo legte den Kopf schief. „Ja und?"

„Es war ein Schattenwächter. Ein Diener der Finsternis."

Geronimo stoppte abrupt. Er riss die Augen auf. „Das klingt nicht gar nicht gut."

Malu nickte.

„Warum erzählst du mir erst jetzt davon?"

„Ich habe erst heute erfahren, dass es ein Schattenwächter war. Der Gärtner hat mir davon erzählt."

„Du meinst den alten Mann, der dir Obst und Gemüse schenkt?"

„Ja."

„Was hat er über die Finsternis gesagt?"

Malu erzählte ihm die Geschichte vom Licht und der Finsternis und von der Aufgabe der Sterne. Sie erreichten die Hütte und setzten sich auf die Wiese neben dem Brunnen in die Sonne.

„Wie sieht denn so ein Schattenwächter aus?", fragte Geronimo.

„Für mich hat er die Gestalt eines schwarzen Nebels. Menschen können ihn aber nicht sehen, nur fühlen und hören."

Geronimo schluckte. „Wie fühlt es sich denn an, wenn er da ist?"

„Eisige Kälte, als ob deine ganze Energie ausgesagt wird."

Geronimo fuhr zusammen. Sein Augenlid zuckte. „Die Stimme? Heiser und schrill?"

Malu nickte. „Du bist ihm begegnet."

„Ich habe dir doch von dem Streich erzählt, den mir meine Angst gespielt hat."

„Ja."

„Ich glaube, es war der Schattenwächter." Geronimo berichtete von den Ereignissen auf dem Dachboden. „Kannst du ihn besiegen?"

„Ich weiß nicht. Der Gärtner meinte, ich könnte das, weil mich das Licht aus einem bestimmten Grund hierher geschickt hat. Ich muss lernen, mich bewusst mit der Kraft des Lichtes zu verbinden und sie zu steuern."

„Und was jetzt?"

„Wir üben für deine Aufnahmeprüfung, und in der Zeit, in der du in der Schule bist, trainiere ich meine Fähigkeit, mich mit dem Licht zu verbinden."

„Und wenn er kommt, bevor du das kannst?"

„Dann hoffe ich, dass mir etwas Gutes einfällt."

Geronimo wischte sich die Schweißtropfen von den Wangen.

Malu stand auf und drehte sich einmal im Kreis. „Das hier ist ab jetzt unser offizieller Übungsplatz." Sie zog den Aufkleber aus der Hosentasche, entfernte die Folie von dessen Rückseite und drückte ihn auf den Stamm des Kirschbaums. „Als Erstes üben wir Schauspiel. Da hast du wohl am wenigsten Erfahrung. Stell dir vor, du bist ein Affe. Ich habe noch nie einen gesehen, aber das Wissen, das ich über sie habe, macht mich neugierig. Also sei der beste Affe, der du sein kannst."

Geronimo schaute sie verwirrt an. „Echt jetzt?"

„Ja! Du musst schauspielern lernen, um in den Turnverein zu kommen. Los jetzt, sei ein Affe!" Sie hob den Zeigefinger und schaute ihn streng an.

„Na gut, dann bin ich eben ein Affe." Geronimo ließ sich auf alle viere nieder und begann wie ein Gorilla zu brüllen. Dann schwang er sich auf die Mauer des Brunnens, stampfte herum und schlug die Fäuste gegen die Brust.

„Gar nicht schlecht für den Anfang! Jetzt tu so, als ob du eine besonders leckere Banane isst."

Langsam schälte er die imaginäre Banane und biss in sie hinein. „Mhh", stöhnte er laut.

Malu musste lachen. Es sah zu komisch aus. Sie kullerte auf den Rücken und hielt sich den Bauch.

„Lachst du mich etwa aus?"

„Nein, aber es sieht einfach witzig aus." Sie richtete sich auf. „Jetzt werde zu einem Tiger!"

Geronimo begann zu fauchen, sprang vom Brunnen hinunter, und pirschte auf Händen und Füßen herum und dann auf Malu zu.

„Richtig gruselig. Denk daran, ich bin nicht deine Beute. Und jetzt mach Ben nach, als er nicht fies sein konnte."

Geronimo stand auf, stellte sich kerzengerade hin, presste die Arme an den Körper und machte seltsame Bewegungen mit seinem Mund. Dann er riss die Augen auf und lief mit wild fuchtelnden Armen um den Brunnen.

Malu lachte und prustete. „Sehr gut."

Geronimo ließ sich ins Gras fallen und lachte ebenfalls.

„Wenn wir so weiter machen, schaffst du die Aufnahmeprüfung auf jeden Fall!"

Er schaute erschrocken auf seine Armbanduhr. „Oh nein! Ich muss nach Hause und die Sachen wechseln, bevor mein Vater das sieht."

„Was ist so schlimm an ein paar Flecken?"

„Gar nichts, aber für meinen Vater ist das der Weltuntergang. Wir sehen uns morgen."

„Gut."

Geronimo verließ hastig den Garten. Sie hörte, wie er auf das Fahrrad stieg und in die Pedalen trat.

Malu setzte sich ins Gras und genoss die Wärme der Sonnenstrahlen auf ihrer Haut. Sie ließ ihren Blick über die Wiese wandern bis zum Brunnen und dann über die Bäume und Hecken dahinter. Plötzlich raschelte es. Sie sah die Umrisse von zwei Personen.

„Hey, wer ist da?", rief sie laut.

„Komm, schnell weg hier", flüsterte eine Stimme. Sie kam ihr bekannt vor. War es Ben? Die Zweige bewegten sich.

Sie sprang auf und lief hinüber. Aber Ben und wer auch immer ihn begleitet hatte, waren fort.

18. Kapitel

„Was zum Geier wollten Ben und die Kröte hier?"

Geronimo hielt die Stellen, auf denen das Hemd und die Hose Flecken aufwiesen, unter den Wasserhahn. Er tropfte etwas von der Flüssigseife auf den Schmutz und rieb den Stoff gegeneinander.

Es klingelte. Unten ging Albert zur Haustür und öffnete sie. Schnell stopfte Geronimo die Sachen in den Wäschekorb. Er schlich die ersten Stufen der Treppe hinunter und lugte zwischen den Stäben des Geländers hindurch. Albert stand mit dem Rücken zu ihm. Vor der Tür erkannte Geronimo Ben und die Kröte. Was zum Geier wollten Ben und die Kröte hier?

„Mein Name ist Ben und das ist mein Freund Lukas. Wir sind Klassenkameraden von Geronimo", stellte sich Ben vor.

„Guten Tag, Herr Schubert", sagte die Kröte, als wäre sie die Freundlichkeit in Person.

„Ah, dann bist du also Ben Schutowski, richtig? Du übst doch immer Mathematik mit Geronimo." Geronimo schluckte. Jetzt wurde es brenzlig.

„Ähm, wie kommen Sie darauf?", fragte Ben.

„Geronimo hat mir erzählt, dass du ihm hilfst. Das finde ich richtig klasse von dir."

„Aha", antwortete Ben und warf Lukas einen Blick zu.

Geronimo umklammerte die Gitterstäbe mit den Fäusten. Seine Hände und Unterarme zitterten. So ein Mist. Ihn beschlich das ungute Gefühl, dass Ben Alberts Unwissenheit für sich ausnutzen würde.

„Nun, Herr Schubert, wir machen uns Sorgen um Geronimo. Deshalb sind wir hier", erklärte Ben mit ernster Miene.

Sie machten sich also Sorgen. *Was für eine dreiste Lüge,* dachte Geronimo. Am liebsten würden die beiden ihn doch jeden Tag mit Hagebutten einseifen.

„Sorgen, warum das denn?", fragte Albert.

„Geronimo kommt nicht mehr zu unseren Verabredungen, wissen Sie. Ich glaube, das liegt an diesem seltsamen Mädchen, mit dem er immer unterwegs ist."

„Was denn für ein Mädchen?"

Das schlechte Gewissen, das Geronimo die ganze Zeit verdrängt hatte, erwischte ihn eiskalt. Ihm wurde schwindelig vor Angst.

„Kennen Sie das Mädchen denn nicht? Geronimo verbringt praktisch seine ganze freie Zeit mir ihr."

Die Kröte nickte brav, als ob Ben ihr ein Kommando gegeben hätte.

„Wie bitte?" Albert schüttelte verständnislos den Kopf.

„Das Mädchen heißt Malu. Sie holt Geronimo häufiger von der Schule ab. Das ist okay, wenn Sie mich fragen, aber alles andere finde ich sehr merkwürdig."

„Was meinst du genau?" Albert stemmte die Arme in die Hüfte.

Geronimo rieb sich mit der Hand über das Gesicht. Warum musste Ben so ein intelligenter Fiesling sein? Er lockte Albert genau da hin, wo er ihn haben wollte, und Albert folgte ihm auch noch bereitwillig wie ein nichtsahnender Lemming.

„Na ja. Dieses Mädchen läuft in alter abgetragener Kleidung herum und es trägt keine Schuhe. Ich schätze, sie ist obdachlos, aber das weiß ich nicht genau. Und letztens haben Lukas und ich durch Zufall beobachtet, wie sie mit Geronimo ein eigenartiges Spiel im Wald gespielt hat."

„Was denn für ein Spiel?"

„Es sah so aus, als ob die beiden Kunststücke einüben würden."

Verzweiflung stieg in Geronimo auf. Schlimmer hätte es nicht kommen können. Er kämpfte gegen die Tränen an.

„Wie bitte, meint ihr das ernst?"

„Todernst", bekräftigte die Kröte Bens Ausführungen.

„Wie gesagt, wir wollten Ihnen Bescheid geben, weil wir uns Sorgen um Geronimo machen."

„Danke", sagte Albert trocken, „das war richtig von euch."

„Also, Herr Schubert, ich wünsche Ihnen noch einen schönen Abend." Ben lächelte freundlich.

„Einen schönen Abend, Herr Schubert", wiederholte die Kröte.

„Danke, euch auch." Albert schloss die Tür und lehnte sich mit dem Rücken dagegen. Sein Gesicht verfärbte sich.

„Geronimo!", platzte es aus ihm heraus. „Komm sofort runter!"

Geronimo hätte sich am liebsten in Luft aufgelöst, so schäbig fühlt er sich.

„Geronimo!", rief Albert noch lauter.

Langsam ging Geronimo mit gesenktem Kopf eine Stufe nach der anderen hinunter. „Ich komme", sagte er leise.

Albert erwartete ihn am Fuß der Treppe. „Junger Mann, weißt du wer gerade hier war?"

„Ich habe das Gespräch gehört", antwortete er leise und setzte sich auf eine Stufe. Er wischte sich die Tränen aus den Augen.

„Stimmt es, dass du mit einem obdachlosen Mädchen Kunststücke im Wald übst, statt mit Ben für Mathe zu pauken?"

Geronimo atmete tief ein. „Ich habe nie mit Ben für Mathe gelernt. Lukas und Ben hassen mich und ärgern mich die ganze Zeit. Deshalb haben sie mich auch verpetzt. Und ja, ich habe mit Malu im Wald für die Aufnahmeprüfung im Turnverein geübt." Es brachte nichts, Albert jetzt noch irgendetwas vorzuspielen. Wenn, dann sollte er die ganze Wahrheit kennen.

Albert schüttelte den Kopf. „Ich verstehe nicht, wie du mir die ganze Zeit so dreist ins Gesicht lügen konntest, nach all dem, was ich und deine Mutter für dich getan haben." Er fuhr sich mit der Hand über das Gesicht.

Geronimo senkte den Kopf. Er glaubte nicht, dass er dieses Schuldgefühl jemals in seinem Leben wieder loswerden würde.

„Warum, um Himmels Willen, verstehst du nicht, dass diese Zirkusfantasien zu nichts führen? Das lenkt dich nur von der Schule ab. Was soll ich jetzt machen? Du hast mich eiskalt hintergangen."

„Das habe ich nicht" Geronimo staunte über die Stärke, die auf einmal in seiner Stimme lag.

„Wie bitte?"

Geronimo ballte die Fäuste. Wut breitete sich von seinem Magen in den ganzen Körper aus. „Du hast entschieden, dass ich Nachhilfe in Mathe bekommen soll. Du hast entschieden, dass ich jeden Tag nach der Schule lernen soll. Was ich möchte, hast du nicht gefragt. Und dich interessiert nicht mal, was mir in der Schule passiert, dass Ben und Lukas mir das Leben zur Hölle machen. Dir ist alles egal, solange ich nur gut in der Schule bin." Er versuchte, das Zittern seiner Stimme unter Kontrolle zu halten. Zornig wischte er sich mit dem Ärmel die immer wieder nachkommenden Tränen aus den Augen.

„Ich habe das entschieden, weil ich das Beste für dich will, verstehst du das denn nicht? Und bis eben hast du mir nie erzählt, dass du Probleme mit diesen Jungs hast."

„Du hast ja auch nie gefragt. Du wolltest nicht wissen, wie es mir geht." Geronimo nutzte die Pause und fuhr fort: „Warum traust du mir nicht zu, dass ich für mich selbst entscheide, was ich später im Leben machen will?" Er funkelte Albert an.

„Weil du 12 Jahre alt bist und keine Ahnung vom Leben hast. Deshalb!"

Geronimo schüttelte energisch den Kopf. „Ich weiß, was mir Spaß macht und ich weiß, was ich später tun will! Wenn ich in den Turnverein gehen darf, verspreche ich, mich mehr in der Schule anzustrengen."

Albert schlug mit der Faust auf das Treppengeländer. „Auf keinen Fall! Es reicht! Geh auf den Zimmer."

Geronimo stand auf und ging, ohne Albert noch einmal anzusehen, die Stufen hinauf. Als er in seinem Zimmer ankam, schlug er die Tür hinter sich zu. Dann wich die Wut der Verzweiflung. Er warf sich auf sein Bett, vergrub den Kopf in seinem Kissen und weinte hemmungslos.

19. Kapitel

„Ich verstehe nicht, was das hier zu suchen hat."

Malu konzentrierte sich auf ihr inneres Licht. Sie ließ die Energie von ihrem Herzen direkt in ihre geöffnete Handfläche fließen. Eine kleine Lichtkugel bildete sich. Sie richtete ihre ganze Kraft darauf und ließ die Kugel wachsen. Als sie auf die Größe einer Orange angeschwollen war, warf Malu sie mit Kraft auf die Mauer des Brunnens. Dort zerschellte die Kugel mit einem lauten Knall. Kleine Steinsplitter flogen durch die Luft. Malu betrachtete den faustgroßen Krater, den sie in der Brunnenwand hinterlassen hatte. Sie war mit ihren Fortschritten zufrieden.

Es hatte sie viele Stunden gekostet, überhaupt zu entdecken, dass sie ihr inneres Licht bündeln und damit schießen konnte. Am Anfang hatte es sich einfach warm auf der Handfläche angefühlt, irgendwann hatte es gefunkt und dann war die erste winzige Kugel entstanden. Sie lächelte. Das harte Training der letzten drei Tage hatte sich ausgezahlt. Gleichzeitig fühlte sie sich erschöpft. Kein Wunder – sie hatte gerade einen Teil ihrer Energie buchstäblich verschossen.

Malu setzte sich in den Schatten des Kirschbaums und streckte ihre Beine aus. Die Sonnenstrahlen streichelten ihre Füße. Sie lehnte den Kopf gegen den Baum. Geronimo war den dritten Tag hintereinander nicht gekommen. Der Gedanke daran, dass der Schattenwächter etwas damit zu tun haben könnte, machte ihr Angst, und dass sie den Weg durch den Wald alleine würde gehen müssen, auch, obwohl sie sich schon viel stärker fühlte als beim ersten Angriff. Sie zog sich in der Hütte einen Pullover über das T-Shirt, steckte die Taschenlampe in den Leinenbeutel und ging den Weg zur Straße. Die Sonne verschwand rot leuchtend hinter den Kronen der Bäume. Die Dämmerung setzte ein. Sie knipste die Taschenlampe an und folgte dem Lichtkegel auf dem Boden. Plötzlich raschelte es links neben ihr. Sie sprang zur Seite und schrie auf. Eine Maus sprang hinter einem Busch hervor, rannte über den Pfad und verschwand im Dickicht.

Malu holte tief Luft. Sie wollte so schnell wie möglich aus dem Wald raus und begann zu rennen. Der Weg bis zum Parkplatz kam ihr wir eine Ewigkeit vor. Endlich. Sie fiel ins Gehtempo zurück. Sie musste den Schattenwächter besiegen, sonst war sie nur noch auf der Flucht. Die Straße wurde steiler. Sie ging den Hügel hinauf. Beim ersten Mal war sie ihn auf dem Gepäckträger von Geronimos Fahrrad hinunter gesaust. Der Fußgängerweg war beleuchtet und sie kannte den Weg. Ihre Beinmuskeln entspannten sich. Endlich bog sie in die Straße zu Geronimos Haus ein.

Die Fenster waren dunkel. Nur die Fassade wurde spärlich von Bodenstrahlern beleuchtet. Trotz des guten Zustandes erinnerte Malu die vom Haus ausgehende Stimmung an die Anlaufstelle. Sie traute sich nicht, das kleine Tor zum Vorgarten zu öffnen, weil sie wusste, dass es quietschte. Den nächsten Schritt wollte sie auf gar keinen Fall gehen. Aber sie musste unbedingt wissen, was mit Geronimo los war. Leise kletterte sie über den Zaun, schlich an der Wand des Hauses entlang, bis sie unter seinem Zimmerfenster angekommen war. Es war dunkel. Ein kühler Luftzug ließ sie frieren. Sie strich sich über die Arme.

Sie brauchte eine gute Idee, wie sie Geronimo klarmachen konnte, dass sie hier war, ohne seinen Vater etwas merken zu lassen.

Sie richtete die Taschenlampe auf den Boden. Da war doch was: Zwei kleine Stöcke und einige Kieselstein. Einen davon warf sie gegen das Fenster und verfehlte es – auch mit dem zweiten, dritten und vierten. Sie hatte sich das nicht so schwierig vorgestellt. Endlich traf sie. Nichts. Sie warf einen weiteren Kieselstein. Treffer. Aber wieder geschah nichts. Dann glaubte sie, einen Schatten hinter dem Fenster zu erkennen. Es öffnete sich. Geronimo schaute hinaus.

„Geronimo." Erleichterung durchströmte sie.

Er hielt den Zeigefinger vor den Mund und zeigte auf die Regenrinne, die neben dem Fenster bis zum Dach führte. Malu verstand: Sie sollte daran hochklettern. Sie zurrte den Leinenbeutel fester, packte die Rinne und stemmte ihre Füße gegen die Wand.

„Sei vorsichtig", flüsterte er.

Klettern war überraschend leicht. Sie erreichte die Hälfte der Strecke spielend und schaute nach unten. Höher, als sie gedacht hatte. Ihre Hände begannen zu schwitzen. Zwei weitere Klimmzüge. Die Rinne fühlte sich auf einmal rutschig an. Es quietschte. Sie glitt ein Stück nach unten. „Mist", flüsterte sie. Ihr Herz stampfte. Sie verlangsamte das Tempo und atmete tief durch, wischte erst die eine, dann die andere Hand am Pullover ab. Nun nahm sie das letzte Stück in Angriff und zog sich die Regenrinne empor, bis sie Geronimo erreicht hatte. Er streckte seine Hand aus. Sie griff danach und setzte ihren Fuß auf das Fensterbrett.

„Jetzt", flüsterte er und zog.

Sie ließ die Regenrinne los, schwang sich aufs Fensterbrett und kletterte ins Zimmer.

„Ich habe mir solche Sorgen gemacht", flüsterte sie ihm ins Ohr.

„Mir geht es gut. Wir müssen vorsichtig sein. Lass uns auf den Dachboden gehen. Da können wir in Ruhe reden."

Sie schlich hinter ihm die Treppe hinauf. Der Teppich auf den Stufen verschluckte das Geräusch ihrer Schritte.

Geronimo öffnete die Tür und knipste das Licht an.

„Was um Himmels Willen ist passiert?", fragte sie, als die Tür hinter ihnen geschlossen war.

Er berichtete ihr von Bens und Lukas' Besuch.

„Dann war es also wirklich Ben. Ich habe die beiden beim Spannen erwischt, nachdem du das letzte Mal bei mir warst."

Geronimo nickte. „Und jetzt fahre ich jeden Tag mit einem Taxi zur Schule und werde später genauso wieder nach Hause gebracht. Dann kommt ein Privatlehrer, mit dem ich Hausgaben mache, bis Albert von der Arbeit kommt. Wir essen gemeinsam Abendbrot und dann muss ich ins Bett gehen."

„Das klingt sterbenslangweilig!"

„Das ist nicht mal das Schlimmste. Ben und Lukas haben mich wieder auf dem Kieker. Ich muss höllisch aufpassen, dass ich nicht vermöbelt werde."

Malu streichelte ihm über den Arm. „Das ist schrecklich."

„Wie soll ich jemals Artist werden? Ich habe keine Möglichkeit zu üben, außer nachts, aber da bin ich hundemüde."

„Ich muss nachdenken." Sie hatte schon festgestellt, dass sie sich am besten konzentrieren konnte, wenn sie Daumen und Zeigefinger an ihr Kinn legte und einfach auf und ab ging. Sie wanderte vor der Wand entlang. Wie konnte sie Geronimo aus dieser verzwickten Lage befreien? Mondlicht fiel durch ein Fenster auf eines der Regalbretter und beleuchtete den halb abgerissenen Aufkleber auf dem Deckel der Blechkiste.

„Was ist?", fragte Geronimo.

„Der Aufkleber. Natürlich! Das ist derselbe Aufkleber, den der Zirkusdirektor mir geschenkt hat. Schau doch, das Muster und der Buchstabe M."

Er betrachtete den Aufkleber. „Du hast recht. Aber warum zum Teufel haben wir eine Blechkiste mit einem Aufkleber vom Zirkus auf unserem Dachboden? Das macht keinen Sinn!"

„Keine Ahnung? Schau hinein."

Er öffnete die Kiste. Darin lag ein Foto. Er hielt es ins Mondlicht. Der Mann sah wie eine jüngere Version von Mario Salmone aus. Er hielt eine Frau mit einem Baby im Arm. „Das Foto kenne ich", sagte er leise. Außerdem lag noch ein Chip in der Kiste. Genauso einen hatte der Direktor ihm geschenkt.

„Ich verstehe nicht, was das hier zu suchen hat", flüsterte Geronimo.

„Ich auch nicht, aber wir könnten deinen Vater fragen."

„Auf keinen Fall. Wenn ich dem jetzt mit der Kiste komme, kann ich meine Artistenkarriere für immer begraben."

„Vielleicht kann uns der Direktor weiterhelfen."

„Jetzt?"

„Ja, jetzt, oder hast du tagsüber Zeit?"

Er schüttelte den Kopf. „Gut. Dann eben jetzt."

20. Kapitel

„Sie wussten es von Anfang an."

Geronimo schloss das Fahrrad am Zaun an.

„Wo müssen wir hin?", fragte Malu.

„Komm mit. Ich zeige es dir." Er schlüpfte durch eine Lücke im Zaun. Sie folgte ihm. Geronimo rannte zum Wohnwagen von Salmone. Im Inneren brannte Licht. Atemlos klopfte er gegen die Tür.

Drinnen war ein Geräusch zu hören, und die Tür wurde geöffnet.

„Was macht ihr denn hier?" Der Direktor sah überrascht aus.

„Dürfen wir reinkommen?", fragte Geronimo.

„Sicher."

Geronimo und Malu betraten den Wagen. Salmone setzte sich auf die Couch.

Malu holte die Kiste aus dem Leinenbeutel und stellte sie auf den Tisch. Die Augen des Direktors weiteten sich.

Geronimo hob den Deckel und zeigte dem Direktor das Foto und den Chip.

„Warum steht diese Kiste bei uns auf dem Dachboden?"

Mario Salmone lehnte sich zurück und wischte sich mit den Händen über das Gesicht. „Weiß dein Vater hiervon?", fragte er zögerlich.

„Nein", antwortete Geronimo entschieden.

Der Direktor schaute ihn lange an, ohne ein Wort zu sagen. Seine Augen wurden feucht. Salmone seufzte und wischte sich die Tränen fort. „Vor vielen Jahren, als ich die Leitung dieses Zirkus übernahm, war ich verheiratet." Das Sprechen fiel ihm sichtlich schwer. Er zeigte auf die Frau auf dem Bild. „Wir erwarteten ein Kind. Es gab Komplikationen bei der Geburt. Das Kind überlebte, aber Sophia starb." Seine Stimme klang brüchig. Nun strömten die Tränen nur so über seine Wangen.

Geronimos Herz begann kräftiger zu pochen. Warum erzählte der Direktor ihm das?

„Damals fühlte ich mich mit der Situation überfordert. Ich wollte nicht, dass das Kind ohne Mutter aufwächst und hatte kaum Zeit, mich richtig zu kümmern." Er schluchzte und senkte den Blick. „Deshalb habe ich den Jungen zur Adoption frei gegeben."

Geronimo wagte nicht über die mögliche Bedeutung dieser Worte nachzudenken.

Der Direktor schluckte. „Diese Kiste habe ich den Adoptiveltern gegeben, damit sie meinem Sohn eines Tages zeigen können, wer seine leiblichen Eltern waren und woher er kommt." Er verbarg das Gesicht in den Händen.

Die Muskeln in Geronimos Beinen gaben nach. Er sank auf den Boden. Malu fing ihn auf und half ihm, sich auf die Couch zu setzen. Er versuchte, etwas zu sagen, aber er brachte kein Wort über die Lippen.

Malu nahm seine Hand.

„Sie sind mein richtiger Vater?", flüsterte Geronimo.

Der Direktor schaute auf. Sein Gesicht war rot, seine Augen und Wangen glänzten. Er nickte. „Es tut mir so leid. Ich hätte dich niemals weggeben dürfen. Ich schäme mich so."

„Sie wussten es von Anfang an. Darum haben Sie mich damals so angestarrt und mir den Chip geschenkt."

Mario Salmone kratzte sich am Hinterkopf und wich seinem Blick aus. „Das Feuermal neben dem linken Auge hat es mir verraten, und du hast die dicken unzähmbaren Haare deiner Mutter." Er schluchzte.

„Vielleicht habe ich mich deshalb hier gleich zuhause gefühlt", murmelte Geronimo.

Der Direktor lächelte ihn an. „Das Zirkusleben liegt in deinem Blut. Als ich jünger war, bin ich selbst Artist gewesen und deine Mutter war Seiltänzerin."

Geronimo wusste nicht, was er tun sollte. Er spürte Wut und Freude zugleich. Alles ergab jetzt Sinn. Er war einfach nicht für das normale Leben in einer Stadt geschaffen. Der Zirkus war sein Zuhause. Aber warum hatten seine Adoptiveltern ihm nie gesagt, wo er herstammte?

Er schaute Salmone an. Der Zirkusdirektor war sein richtiger Vater. Unglaublich. Tränen rannen sein Gesicht hinunter und sein Herz fühlte sich warm und schwer an.

Mario Salmone tippte ihm gegen die Schulter und öffnete seine Hand. Geronimo griff danach. So saßen sie eine Weile da.

Dann begannen Tropfen auf die Wände und das Dach des Wohnwagens einzuprasseln. Das brachte Geronimo aus seiner Starre. Er richtete sich auf. „Ich muss mit Albert sprechen. Jetzt gibt es keinen Grund mehr, dass ich nicht auf die Artistenschule gehen darf! Es ist mein Geburtsrecht!"

Der Zirkusdirektor holte tief Luft. „Ich weiß nicht, ob das eine gute Idee ist. Vielleicht solltest du damit noch warten."

„Ich will Artist werden und in einem Zirkus leben, wie mein richtiger Vater!"

„Deine Adoptiveltern haben das Sorgerecht für dich. Bis du volljährig bist, entscheiden sie, was das Beste für dich ist."

„Ich muss es auf jeden Fall versuchen." Geronimo suchte Blickkontakt mit Malu.

Sie nickte. „Ich helfe dir."

„Hast du ein Auto?", fragte Geronimo den Direktor.

Er nickte.

„Bei dem Regen will ich nicht mit dem Fahrrad zurückfahren. Kannst du uns bringen?"

Der Direktor stand auf. „Das tue ich gern."

21. Kapitel

„Viele Schattenwächter werden kommen und viele Sterne. Der Krieg um die Freiheit der Menschen wird von Neuem beginnen."

Malu öffnete die Autotür, spannte den Regenschirm auf und stieg aus. Geronimo folgte ihr. Der Zirkusdirektor wendete das Auto und winkte den beiden zum Abschied durchs Fenster. Das Haus lag dunkel und verlassen da. Malu spürte Kälte, die langsam von ihren Füßen über die Beine bis in ihren Magen kroch.

„Hier stimmt was nicht", flüsterte sie.

„Natürlich nicht", antwortete Geronimo gereizt.

Sie schaute sich um. „Der Schattenwächter ist hier. Ich bin mir sicher." Sie tastete nach seiner Hand, doch sie fasste ins Leere. Er ging bereits die Stufen zur Tür hinauf und drückte auf den Klingelknopf.

„Nein!" Malu rannte zur Treppe. Die Tür wurde geöffnet. Eine Welle von Kälte schlug ihr entgegen. Sie erstarrte, kämpfte mit aller Kraft dagegen an, wollte Geronimo zur Seite ziehen, aber sie schaffte es nicht, sich zu bewegen.

Albert stand in der Tür. Genau gesagt: nur seine Hülle. Schwaden schwarzen Nebels strömten durch seinen Körper. Der Schattenwächter hatte Besitz von ihm ergriffen.

Sie wollte schreien, aber nur ein Flüstern kam über ihre Lippen. „Geronimo."

„Ich habe auf euch gewartet", zischte die schrille Stimme des Schattenwächters aus Alberts Mund.

Er griff nach Geronimos Arm, zog ihn blitzschnell ins Haus und schlug die Tür zu.

„Was soll das? Lass mich los!", hörte Malu Geronimo schreien.

Die Starre wich langsam aus ihren Gliedern. Sie ging die Stufen hinauf und rüttelte an der Tür. „Lass ihn in Ruhe!"

Wie konnte sie Geronimo da rausholen? Sie hörte ein Geräusch direkt hinter der Tür, sprang zur Seite und presste sich an die Hauswand. So schnell sie konnte, schob sie sich an der Hauswand entlang und versteckte sich hinter der nächsten Ecke. Vorsichtig blickte sie zur Haustür. Sie wurde geöffnet. Malu wich zurück. Ihr Atem ging schnell und unregelmäßig. Sie hörte Schritte. Jemand ging die Stufen hinunter und blieb stehen.

„Ich weiß, dass du hier irgendwo bist. Komm und hol dir Geronimo, wenn du kannst." Der Schattenwächter lachte heiser.

Die Schritte entfernten sich. Malus Knie zitterten, aber sie musste es versuchen. Sie lugte um die Ecke. Jetzt oder nie. Auf Zehenspitzen schlich sie zur geöffneten Haustür, nahm die drei steilen Stufen mit einem Satz und stand im Eingangsbereich. Es war stockduster. Die Gedanken ratterten in ihrem Kopf. *Wo hat er Geronimo eingesperrt? Im Keller, auf dem Dachboden oder vielleicht in einem der Zimmer?* Ihr Bauchgefühl riet ihr: zum Dachboden. Leise lief sie die Stufen hinauf, erreichte den ersten Stock und huschte zum Dachboden. Sie hielt inne und lauschte. Nur ihr Atem und das Hämmern ihres Herzens waren zu hören. Behutsam ging sie die restlichen Stufen hinauf und klopfte vorsichtig an der Tür.

„Geronimo?", hauchte sie.

Keine Antwort.

Sie drückte die Klinke herunter und betrat den Raum. Er war leer.

Im nächsten Moment spürte sie eisige Kälte im Nacken.

Langsam drehte sie sich um und schaute dem Schattenwächter direkt in die Augen. Finsternis, Kälte und Bosheit starrten ihr entgegen. Sie sah, dass er ruckartig die Arme bewegte und wollte ausweichen, aber es war zu spät. Er warf ihr eine Decke über den Kopf. Sie wollte um sich schlagen, aber ihre Arme waren wie gelähmt.

Er packte sie. „Hab ich dich endlich!" Schrilles Gelächter ertönte. „Wenn du Ärger machst, geht es deinem Freund schlecht." Er hievte sie auf die Schulter und trug sie die Treppe hinunter.

„Wo ist Geronimo? Was hast du mit ihm gemacht?", wollte sie schreien, brachte aber nicht mehr als ein Flüstern über die Lippen.

Keine Antwort. Er öffnete die Haustür, trug sie hinaus und öffnete eine weitere Tür.

Sie spürte ein Polster unter sich. „Was soll das?"

„Wirst schon sehen." Er gluckste.

Sie hörte das Geräusch eines Motors und spürte den Ruck, als das Auto losfuhr.

Vorsichtig zog sie die Decke von den Augen und schaute sich um. Sie versuchte, die Beifahrertür zu öffnen, aber sie war verriegelt.

„Dummer kleiner Stern." Der Schattenwächter in Alberts Gestalt beobachtete sie im Rückspiegel. „Zu gerne würde ich dir einfach alle Energie aussaugen, aber dann wäre es ja vorbei." Er schüttelte den Kopf. „Nein, du wirst zum Nichtstun verdammt sein, während ich deinem Freund seinen Traum nehme." Er kicherte.

Malu spürte einen Stich in ihrem Herzen. „Du Scheusal, was hast du vor?"

„Das wirst du gleich sehen." Er lächelte.

Sie bogen ab.

Malu schaute durch die Frontscheibe und erkannte das alte dunkle Haus am Ende der Straße.

„Die Anlaufstelle."

„Ganz genau." Er drehte sich ruckartig um, zeigte mit dem Finger auf sie und schrie: „Dormi Subito!" Aus der Fingerspitze schoss ein schwarzer Nebelstrahl auf sie zu.

„Nein!" Malu schlug wild um sich. Aber es half nichts. Ihre Lider wurden schwer. Müdigkeit benebelte ihre Sinne. Sie versuchte, dagegen anzukämpfen, aber ihre Arme und Beine gehorchten nicht. Auch ihr Atem verlangsamte sich. Sie spürte noch, wie der Wagen hielt. Dann schloss sie die Augen und der Schlaf übermannte sie.

Geronimo hämmerte mit der Faust gegen die Tür. „Lass mich raus!"

Stille.

„Lass, Junge, spare deine Kraft", sagte jemand mit zittriger Stimme.

Die Stimme kam ihm bekannt vor. „Wer ist da?"

„Ein Freund."

Er stieg die Stufen hinab. Unten brannte Licht. Ein Mann saß auf dem Boden, den Rücken an die Wand gelehnt. Er trug einen Strohhut, ein beigefarbenes Hemd, eine olivgrüne Hose und keine Schuhe. „Was machen Sie denn hier?"

Der Mann hob den Kopf und schaute ihn wortlos an.

„Holen Sie uns hier raus!"

Er senkte den Kopf. „Das kann ich nicht."

„Wieso?"

„Ich habe mein Amulett verloren. Ohne es bin ich machtlos gegen ihn."

Geronimo schaute auf den Hals des Alten. „Wo ist es?"

„Er hat mich überrascht, als ich am Rand meines Gartens Pilze geerntet habe. Ich bin hingefallen. Das Band des Amulettes ist gerissen. Der Schattenwächter war schnell. Ein einfacher Schlafzauber, und ich war ausgeschaltet."

Er wiegte den Kopf von der einen zur anderen Seite, als ob er selbst nicht glauben könnte, was er da sagte.

„Malu hat nie erwähnt, dass Schattenwächter zaubern können."

„Können sie normalerweise auch nicht. Das ist der erste, bei dem ich das erlebe."

„Was sollen wir jetzt tun?"

Der Gärtner schaute ihm direkt in die Augen. „Gar nichts. Malu ist die Einzige, die uns helfen kann. Sie trägt die Kraft des immerwährenden Lichts in sich. Sie muss sich damit verbinden und den Schattenwächter zerstören."

Geronimo wehrte sich gegen den Gedanken, aber er konnte ihn nicht verdrängen. „Was passiert, wenn Malu es nicht schafft?"

Der Gärtner senkte den Blick. „Viele Schattenwächter werden kommen und viele Sterne. Der Krieg um die Freiheit der Menschen wird von Neuem beginnen."

Geronimo setze sich dem Gärtner gegenüber und lehnte den Rücken gegen die Wand. Sie konnten also nichts tun, außer zu warten.

22. Kapitel

„Was er dir auch einflüstert: Gib deinen Traum nicht auf."

Malu kam nur mühsam wieder zu sich. Sie bekam kaum die Augenlider nach oben. Endlich gelang es ihr, sich langsam aufzurichten. Sie schaute sich um. Sie saß in einem Bett, in einem Zimmer, in dem es einen Stuhl, einen Tisch, ein Fenster ohne Griff und eine Tür gab.

„Tok, tok." Jemand klopfte. Eine Frau mit Brille und roten schulterlangen Haaren betrat das Zimmer.

„Guten Morgen." Sie lächelte freundlich.

„Geronimo! Ich muss los!" Malu sprang aus dem Bett, rannte zur Tür und versuchte, sich an der Frau vorbei zu drängen. Aber die war schneller. Sie kam ins Zimmer, schloss die Tür und stellte sich davor.

„Moment mal! Wo willst du hin?"

„Ich muss einem Freund helfen! Bitte lassen Sie mich vorbei."

„Warum musst du ihm denn helfen?"

„Der Schattenwächter hat ihn in seiner Gewalt."

Der Frau schien den Ernst der Lage nicht zu verstehen.

„Mein Name ist Carolina. Ich arbeite bei der psychologischen Betreuung dieser Anlaufstelle. Wie heißt du?"

„Bitte, ich muss los!" Malu versuchte die Frau zur Seite zu schieben.

„Stopp! Aufhören! Ich kann dich nicht einfach gehen lassen."

„Wieso nicht?"

„Weil ich erst mal herausfinden muss, wer du bist und wer deine Eltern sind."

„Ich habe keine Eltern."

„Jeder hat Eltern."

„Ich weiß, aber bei mir ist es nun mal anders."

„Aha. Wieso denn?"

„Sie würden es nicht verstehen. Hat der Mann, der mich hierhin gebracht hat, erzählt, dass ich verrückt bin?"

„Nicht verrückt, sondern verwirrt."

Malu schlug sich mit der Hand gegen die Stirn. Natürlich. Carolina war durch die Lügen des Schattenwächters alarmiert.

Die Frau zog den Stuhl vor die Tür und setzte sich darauf. „Bevor ich entscheide, was als Nächstes passiert, muss ich dir ein paar Fragen stellen." Sie nahm den Stift vom Klemmbrett und notierte etwas auf dem Papier. „Wo kommst du her?"

„Ich denke nicht, dass Sie mir glauben werden."

„Lass es uns doch mal versuchen. Also, wo kommst du her?"

„Aus dem Weltall."

Carolina verzog keine Miene. „Und wo wohnst du?"

„In einer alten Hütte im Wald."

„Wer sind deine Eltern?"

„Ich bin ein Stern, ich habe keine Eltern. Also, wenn Sie es genau nehmen. Die eine Kraft hat mich geschaffen und das immerwährende Licht der Weisheit hat allen Sternen Leben eingehaucht."

Carolina kratzte sich am Hinterkopf und kritzelte einige Worte auf das Papier.

Malu versuchte sie zu entziffern. „Fantasiegeschichte" und „Orientierungslosigkeit" stand dort. Genau, wie Malu es erwartet hatte.

Carolina lächelte. „Warum bist du denn auf die Erde gekommen?"

„Ich muss eine Aufgabe erfüllen."

„Welche?"

„Ich muss Geronimo helfen, seinen Traum zu verwirklichen. Bitte lassen Sie mich gehen. Der Mann, der mich hierher gebracht hat, ist ein Schattenwächter, ein Verbündeter der Finsternis. Er hat Geronimo in seiner Gewalt!"

„Ein Schattenwächter also", wiederholte Carolina, „was ist das genau?"

„Schattenwächter sind Wesen der Finsternis. Sie versuchen den Menschen Angst einzuflüstern, damit die Finsternis über sie herrschen kann."

„Was willst du genau machen, wenn ich dich gehen lasse?"

„Ich gehe zu einem Freund und bitte ihn, mir zu helfen, Geronimo zu befreien und gegen den Schattenwächter zu kämpfen."

„Wer ist dieser Freund?"

„Er heißt Gärtner und wohnt im Wald, in der Nähe meiner Hütte. Er ist vom immerwährenden Licht der Weisheit auf die Erde gesandt worden, damit er den Sternen hilft."

„Mh." Carolina klemmte den Stift an das Brett. „Malu, ich möchte, dass du erst einmal hier bleibst. Du bist minderjährig, und solange wir nicht wissen, wer deine Eltern sind, kann ich dich nicht gehen lassen. Das wäre ein Verstoß gegen das Gesetz. Es tut mir leid."

„Das ist mir egal! Ich muss hier raus!"

„Nein!" Die Antwort klang freundlich, aber bestimmt.

Malu biss sich auf die Zähne. „Warum versteht mich denn keiner?"

„Malu, diese Umgebung ist ungewohnt für dich, vielleicht sogar bedrohlich. Es ist ganz normal, dass du wütend bist und Angst hast. Vielleicht isst du erst mal etwas?"

„Ich muss Geronimo helfen!"

„Vielleicht finden wir beide später gemeinsam einen Weg, deinem Freund zu helfen." Carolina stand auf. „Die Station und der Eingang des Gebäudes sind überwacht. Die Toiletten und Duschen sind auf dem Gang. Wenn du rauskommst, rechts."

„Was ist eine Station?"

„Die Etage, auf der du dich befindest. Hier sind auch andere Kinder, deren Herkunft wir noch nicht kennen. Gleich bringt jemand etwas zu essen vorbei. Ich komme in einer Stunde wieder." Carolina schloss die Tür hinter sich.

Malus Magen knurrte. Sie sollte wirklich etwas essen. Für den Kampf mit dem Schattenwächter brauchte sie Kraft. Dann musste sie so schnell wie möglich zum Gärtner und einen Plan mit ihm schmieden, wie sie Geronimo befreien konnten. Auf dem Gang hörte sie Geschirr und Besteck klirren. Jemand klopfte an die Tür.

„Ja", sagte Malu.

Eine grauhaarige Frau in weißer Kleidung kam ins Zimmer. „Hallo, mein Name ist Anett. Ich bringe dein Frühstück." Sie stellte das Tablett auf den Tisch.

„Danke", flüsterte Malu.

Annett lächelte freundlich und verließ das Zimmer wieder.

Malu stürzte zum Tisch, trank das Glas Orangensaft in einem Zug aus und biss hastig in die Brotscheibe, ohne den Honig und die Butter anzurühren. Die zweite Scheibe würgte sie fast in einem Stück hinunter. Dann hastete sie zur Tür, öffnete sie leise und schaute in den Gang. Ein kleines Mädchen kam auf sie zu. Es war blass und schmächtig, trug eine rote Brille auf der Nase und hatte die braunen Haare zu einem Pferdeschwanz zusammen gebunden. Ihr rechtes Bein war ein Stück länger als das andere. Ein Absatz am linken Schuh diente als Ausgleich. Sie hielt ein Handtuch und einen Kulturbeutel in den Händen. Die dumpfe Traurigkeit, die von der Kleinen ausging, fuhr Malu unter die Haut. Ihr inneres Licht war zu einem Funken verkümmert.

„Wie heißt du?", fragte sie das Mädchen freundlich.

„Mia." Die Kleine schaute nach unten.

„Hallo Mia, ich bin Malu."

Sie antwortete nicht. Eine Welle von Einsamkeit erfasste Malu. Die Wucht drohte Malu die Füße unter den Beinen wegzureißen. Für einen Moment vergaß sie, wie eilig sie es eigentlich hatte. Behutsam legte sie die Hand auf Mias Schulter. Das Mädchen schaute auf.

„Ich weiß, wie einsam du dich fühlst."

Tränen kullerten aus Mias Augen.

Malu streichelte ihr über die Wange.

„Woher weißt du das?"

„Ich kann es spüren."

Mias Augen weiteten sich.

„Darf ich dir etwas schenken?"

„Was denn?"

„Eine Umarmung."

Mias Lippen zitterten. Sie nickte.

Malu öffnete die Arme und drückte Mia an sich, so wie es Urion mit ihr getan hatten. Mia legte den Kopf auf ihre Schulter und atmete tief ein und aus. Malu drückte sie noch ein wenig mehr an sich. Dann ließ sie los.

Mia schaute ihr in die Augen. Malu sah einen Funken Hoffnung in ihnen aufblitzen.

„Danke", flüsterte Mia.

„Gerne." Malu dachte an Geronimo und dass sie ihn befreien musste.

„Kennst du einen Weg hier raus?"

„Die Station ist bewacht." Sie deutete mit dem Kopf zum Ende des Ganges.

Auf einem großen Schild stand „Schwesternzimmer".

Mia betrachtete ihr Handtuch. „Der Wäschewagen kommt bald. Die Schwestern sprechen mit der Frau, die die Wäsche einsammelt. Dann sind sie abgelenkt."

„Danke, Mia."

Sie lächelte.

„Bing." Die Fahrstuhltür öffnete sich. Die Frau mit dem Wäschewagen kam heraus, stellte ihn direkt neben dem Schwesternzimmer ab und ging hinein.

Das Blut rauschte durch Malus Körper. Ihre Zunge klebte fast an ihrem Gaumen fest. Sie duckte sich und lief zum Wäschewagen. Durch das Fenster in der Wand sah sie die Wäschefrau mit den Schwestern sprechen. Vorsichtig zwängte sie sich an dem Wagen vorbei. Sie lugte um die Ecke. Der Gang dahinter war leer. Auf einem Schild über einer Tür war das Symbol einer Treppe abgebildet. Sie huschte um die Ecke, rannte geduckt zur Tür und betrat das Treppenhaus. Niemand zu sehen. Malu flitzte die Treppe hinunter, drückte den Griff der breiten weißen Tür an deren Ende und öffnete sie. Die Scharniere quietschten fürchterlich. Sie spähte in den nächsten Gang. Ein Mann ging den Flur hinunter und bog um eine Ecke. Auf einem Pfeil stand „Aufnahme", auf einem anderen „Ausgang". Malu betrat den Flur und spurtete in Richtung Ausgang. Plötzlich bog ein Mann in einem weißen Kittel mit um die Ecke. Sie lief direkt in ihn hinein.

„Kann ich dir helfen?"

Malu spürte ihren Herzschlag im Hals wummern. Der Mann war groß und hager und hatte eine Hakennase. Sie schluckte. „I-ich."

„Ja?", der Mann kniff die Augen zusammen.

„Carolina hat gesagt, ich soll mich bei der Aufnahme melden."

„Aha. Wie ist dein Name?"

„Ma- ... Maren." Malu zitterte am ganzen Leib.

„Gut, Maren." Er lächelte. „Du hast es gleich geschafft. Dort gehst du nach rechts und dann den Gang hinunter. Und keine Angst, die Kollegen von der Aufnahme sind sehr freundlich."

Malu spürte Übelkeit ihren Hals hinauf kriechen, aber sie zwang sich zu lächeln. Sie nickte und ging an dem Mann vorbei.

„Eins noch", rief er ihr hinterher.

Malu stoppte und drehte sich langsam um.

„Die Kollegen von der Aufnahme machen gerade Pause. Du musst kurz warten."

„O-okay", stotterte sie.

Der Mann drehte sich um und verschwand im Treppenhaus.

„Puh." Malu lehnte sich gegen die Wand. Sie fühlte sich schwach und schwindelig, aber für eine Pause war keine Zeit. Sie folgte dem Pfeil in Richtung des Ausgangs. Zwei große Glastüren versperrten den Weg nach draußen. Auf der rechten Seite gab es einen langen Tresen, und dahinter saß ein Mann. Er las Zeitung. Sie versteckte sich hinter einem Wasserspender und beobachtete ihn. Er schien vollkommen in die Nachrichten vertieft zu sein. Dann klopfte ein Mann in brauner Montur an die Glastür. Unter dem Arm trug er ein Paket.

Der Aufseher legte die Zeitung beiseite, nickte dem Mann zu und drückte auf einen Knopf. Die Türen öffneten sich, der Bote kam herein. Gleich hinter ihm schlossen sich die gläsernen Wände.

Vielleicht konnte sie entwischen, wenn der Paketbote wieder hinaus ging. Er legte das Päckchen auf die Theke, hielt dem Mann ein Gerät und einen Stift vor die Nase und nuschelte: „Bitte unterschreiben".

Der Mann hinter dem Tresen nahm den Stift und kritzelte auf dem Display herum.

Der Zusteller übergab ihm das Paket und verabschiedete sich.

„Auf Wiedersehen", sagte der Aufseher.

Die Glastüren öffneten sich. Malus Atem beschleunigte sich. Ihre Beine kribbelten vor Aufregung. Sie richtete sich auf und sprintete los.

„Hey, warte", hörte sie den Mann hinterm Tresen rufen.

Zu spät. Sie schoss durch die Tür vorbei an dem Boten, streifte ihn mit ihrer Schulter, geriet ins Straucheln, ruderte mit den Armen und fing sich wieder. Sie stürmte die Straße hinunter und rannte immer weiter. Erst als sie den Brunnen vor dem Rathaus erreichte, hielt sie inne. Die Muskeln in ihren Beinen schmerzten und ihre Lunge brannte wie Feuer. Sie wusste nicht, wie lange sie noch laufen konnte, aber hier war sie zu gut zu sehen. Sie musste weiter. Malu nahm die letzten Kräfte zusammen und rannte in Richtung der Einkaufsstraße. Hier tauchte sie in die Masse der Menschen ein. Endlich konnte sie langsamer gehen. Ihren Pullover hatte sie inzwischen völlig durchgeschwitzt. Ihre Beine zitterten und um sie herum drehte sich alles. Malu richtete sich auf, stemmte die Arme in die Seiten und atmete tief ein und wieder aus. Nach einer Weile ging es ihr wieder besser. Die Menschen schoben sich auf beiden Seiten an ihr vorbei. In diesem Gedränge fühlte sie sich ziemlich sicher.

Geronimo schlug die Augen auf. Er wusste nicht, ob es Tag oder Nacht war. Das Lampenlicht im Keller und das unendliche lange Warten hatten ihm jegliches Zeitgefühl geraubt. Es roch trocken und abgestanden. Der Gärtner saß an der gleichen Stelle wie vorher. Geronimo war sich nicht sicher, ob er sich in den letzten Stunden bewegt hatte. Er sah blass aus und war in sich zusammengesunken. Seine Wangen schienen mit jeder Minute ein wenig mehr einzufallen, als ob ihm der Keller alle Lebensenergie aussaugen würde. „Ich hoffe, Malu beeilt sich." Er stöhnte. „Dieser Ort bekommt mir nicht."

Plötzlich hörte Geronimo ein Knarzen an der Kellertür. Sie wurde geöffnet.

„Junge, komm hoch", rief der Schattenwächter mit schriller Stimme hinunter.

Der Gärtner schaute ihn besorgt an. „Was er dir auch einflüstert: Gib deinen Traum nicht auf."

Die Worte klangen so ermutigend wie die Schreie am Himmel kreisender Geier.

Geronimo nickte, stand auf und ging die Treppe hinauf. Im Türdurchgang zeichnete sich die Gestalt des Schattenwächters ab. Mit jedem Schritt wurde die Luft kühler. Als Geronimo oben ankam, schloss sich die Hand des Wesens um seinen Arm und zog ihn nach vorn.

Geronimo zuckte zusammen. Der Griff war eisig.

Aus den leeren schwarzen Augen funkelte ihn das Böse an. „Keine Faxen, sonst muss der Alte büßen! Verstanden?"

Geronimo spielte mit dem Gedanken, um Hilfe zu rufen. Doch er brachte nur ein stummes Nicken zustande. Der Schattenwächter führte ihn ins Wohnzimmer. Die Vorhänge waren zugezogen. Ein Stuhl stand in der Mitte des Raumes, davor eine Lampe. Geronimo fröstelte noch stärker und rubbelte sich mit den Händen über die Arme. Der Pullover konnte gegen die verdammte Kälte wenig ausrichten.

„Setz dich", fauchte das Monster.

Geronimo ließ sich auf den Stuhl sinken.

Grelles Licht blendete ihn, als der Wächter die Lampe einschaltete.

„Was soll das?"

„Wirst schon sehen, Bürschchen."

Die Kälte des Wesens drang durch Geronimos Haut in seine Arme und Beine. Sie fühlten sich starr wie Eiszapfen an.

„Du glaubst doch nicht, dass das Sternlein dich retten wird?", flüsterte der Unhold in sein Ohr. Es klang wie das Zischen einer Schlange.

„Malu wird kommen. Ich weiß es!", hielt Geronimo dagegen.

„Weißt du, wo ich sie hingebracht habe?" Der Schattenwächter lachte höhnisch. „An einen Ort, von dem sie nicht mehr wegkommen wird. Einen Ort, den sie hasst und der ihr zeigt, wie allein sie ist."

Die Worte wirkten wie Gift. Unsicherheit schlich sich in Geronimos Herz. „W-Wo hast du sie hingebracht?", stotterte er.

„Du warst schon da mit ihr", raunte er, „sie werden ihr nicht glauben, sondern sie für verrückt halten." Er kicherte.

Vor Geronimos innerem Auge erschien das Bild des grauen Spukhauses. „Die Anlaufstelle für Kinder", flüsterte er.

„Ganz genau", antwortete der Wächter zufrieden.

Der Vorstellung, dass Malu dort festgehalten wurde und niemand ihr glaubte, machte Geronimo Angst. *Alles nur wegen mir*, schoss es ihm durch den Kopf. Oder war es die Stimme des Schattenwächters?

„Nur weil du unbedingt deinen Traum wahr machen wolltest, muss Malu leiden. Ist es das wirklich wert? Warum musst du immer alle enttäuschen?"

„Lass mich in Ruhe!", schrie Geronimo. Das Wohnzimmer begann sich zu drehen und die Worte des dunklen Wesens drangen immer tiefer in sein Bewusstsein. Er kämpfte mit aller Kraft dagegen an, aber die Angst kroch in ihn hinein. Er wusste nicht mehr, was richtig und was falsch war.

23. Kapitel

„Es gibt einen Grund, warum das Licht gerade dich hierher geschickt hat."

Ihr Körper schmerzte, als ob ein Auto sie überrollt hätte. Der Weg von der Kinderanlaufstelle bis zum Wald steckte ihr in den Waden. Egal, sie musste weiter. Jede Minute, die sie vergeudete, brachte Geronimo in größere Gefahr. Langsam richtete sie sich auf, lockerte erst das rechte Bein und danach das linke. Schritt für Schritt folgte sie dem schmalen Pfad weiter in den Wald hinein. Sie versuchte zu rennen, aber ihre Muskeln fühlten sich an, als würden sie reißen, also ließ sie es. Dass sie so langsam vorankam, obwohl sie wusste, in welcher Gefahr sich Geronimo befand, war wie eine Folter. Endlich erreichte sie die alte Jagdhütte. Die Lichtung gab den Blick auf den Himmel frei. Dunkle Wolken hatten die Sonne verdrängt. Aber es waren keine normalen Gewitterwolken. Von ihnen ging Kälte aus, und schwarze Schatten rasten in ihnen kreuz und quer, hinauf und hinunter. So schnell Malu konnte, folgte sie dem Trampelpfad bis zum Haus des Gärtners. Dessen Umrisse zeichneten sich in einiger Entfernung zwischen den Baumstämmen ab. Das Dickicht lichtete sich.

Der Anblick ließ sie erstarren. Die Beete waren verwüstet, als ob ein Sturm den Boden aufgerissen und tiefe Schneisen hineingepflügt hatte. „Was ist geschehen?", flüsterte Malu. Als sie sich ein bisschen gefasst hatte, rief sie zum Haus hinüber: „Gärtner? Bist du hier?"

Keine Antwort.

Die Tür stand offen. Sie ging vorsichtig näher. Die Erde rieb zwischen ihren Zehen und knirschte unter ihren Füßen.

„Gärtner?", fragte sie unsicher.

Keine Antwort.

Zögernd betrat sie das Haus. Die Fensterläden waren geschlossen und alles lag im Dunkeln. Sie hörte Getrappel auf den Holzdielen, tastete hektisch nach dem Lichtschalter an der Wand und fand den Hebel. Das Licht der Glühbirne, die an einem Kabel von der Decke herunter hing, flutete den Raum. Auf dem Fußboden hüpfte eine Elster herum. Malu sah sich um. Der Stuhl und der Tisch standen am selben Ort wie immer und das Regal, in dem sich Tassen und Teller befanden, wirkte unversehrt.

Was auch geschehen war, hatte sich draußen zugespielt.

Sie ging auf die kleine Veranda vor dem Haus, setzte sich auf den Boden und lehnte sich mit dem Rücken gegen die Wand.

Der Schattenwächter war vor ihr hier gewesen. Er hatte gewusst, dass sie kommen würde. Tränen rannen über ihre Wangen und fielen mit leisem Platschen auf die Fliesen der Veranda. Sie schaute zum Himmel auf und sah die finsteren Schatten in den Wolken aufzucken. Der Schattenwächter hatte Geronimo und den Gärtner in seine Gewalt gebracht.

Sie legte die Arme um sich, wiegte sich vor und zurück und begann zu weinen. Sie spürte, wie ihr inneres Licht langsam an Kraft verlor. Bald würde nur noch Sternenstaub von ihr übrig bleiben.

„Ich schaffe es einfach nicht", flüsterte sie. „Ich habe alles versucht, aber ich schaffe es einfach nicht." Sie hatte das Gefühl, als würde im nächsten Augenblick eine Horde Schattenwächter aus den Wolken zur Erde hinunter fahren und über die Menschen herfallen. „Es ist alles verloren", wimmerte sie. Für einen kurzen

Moment dachte sie an ihren angestammten Platz im Himmel, an die Geborgenheit, die er ihr geschenkt hatte. Wie gerne hätte sie ihn hergegeben, um Geronimo und den Gärtner zu retten. Sie schloss die Augen und schluchzte.

Plötzlich hörte sie ein Surren und schaute auf. Das Geräusch war ihr vertraut. Das Gefieder des Kolibris glitzerte wie feinster Kristall und aus ihm strahlte weißes, helles Licht. Malu spürte die Wärme, die von dem Geschöpf ausging und erinnerte sich an die Kraft und die Geborgenheit, die das immerwährende Licht der Weisheit ihr geschenkt hatte.

„Ich kenne dich", sagte sie leise.

Der Kolibri landete auf ihrem linken Knie und pochte mit dem Schnabel gegen ihre Kniescheibe. Dann hob er ab und schwirrte davon.

„Hey! Warte!" Malu sprang auf und folgte ihm. Der Kolibri ließ sich nicht weit entfernt auf einem Baumstumpf nieder. Er pickte dagegen. Malu lief zu ihm hinüber und schaute, was er meinen könnte. Eine Gruppe Pilze wucherte hier aus der Erde. Für einen winzigen Moment glitzerte etwas zwischen den Kappen auf. Malu bog die Hüte zur Seite. Ein halb mit Erde bedeckter Edelstein hing zwischen den Stielen. Er war an einer Kette befestigt. Sie bückte sich und wischte ihn sauber. Ein Sonnenstrahl durchbrach die Wolken und traf das Amulette. Er reflektierte so stark auf dem Kristall, dass Malu ihre Hand hastig vor die Augen hielt. Die Kraft des immerwährenden Lichtes floss aus dem Amulett in ihren Körper und schenkte ihr neue Kraft und neuen Mut. Vielleicht konnte sie Geronimo doch retten und ihm helfen, seinen Traum zu verwirklichen. Nur darauf kam es noch an! Sie musste sich der Finsternis stellen. „Danke, kleiner Freund." Sie streichelte sanft über den Rücken des Kolibris.

Malu folgte dem Pfad zu ihrer Hütte und lief weiter den ganzen Weg bis zur Straße, in der Geronimo wohnte. Die Aufregung betäubte den Schmerz in ihren Beinen. Fast mechanisch setzte sie einen Fuß vor den anderen, bis sie schließlich vor Geronimos Haus stand. Trotz der weißen Fassade wirkte das Gebäude dunkel und kalt. Direkt über dem Dach hatte sich eine riesige schwarze Wolke gebildet. In ihr rasten die Schatten wie tollwütige Hunde umher, bereit, sich jeden Moment hinabzustürzen und die Menschen anzufallen. Malu erinnerte sich an die Worte des Gärtners. „Es gibt einen Grund, warum das Licht gerade dich hierher geschickt hat."

Vielleicht gab es den wirklich. Sie war die Einzige, die jetzt noch verhindern konnte, dass die Finsternis die Oberhand auf der Erde gewann.

Sie ging die Stufen zur Tür hinauf. Sie war nur angelehnt. Der Schattenwächter wusste, dass sie kommen würde. „Ich bin da!", rief sie und betrat das Haus. Sie wollte, dass Geronimo sie hörte, und sie wollte, den Schattenwächter wissen lassen, dass sie sich nicht vor ihm verstecken würde.

Am Ende des Flurs brannte Licht.

„Komm, kleiner Stern, dein Freund ist hier", tönte seine Stimme aus dem Wohnzimmer.

Malu griff mit der rechten Hand nach dem Amulett und lief den Flur hinunter. Je näher sie dem Wohnzimmer kam, desto kälter wurde die Luft. Malus Atem bildete Wölkchen. Die Kälte kroch ihre Arme und Beine hinauf und versuchte, bis in ihr Herz vorzudringen.

Sie betrat das Wohnzimmer. Die Schwelle knarzte unter ihrem Gewicht. Geronimo saß auf einem Stuhl. Er hatte die Augen geschlossen und sah vollkommen erschöpft aus.

„Geronimo!" Entsetzt lief sie zu ihm. Mit der einen Hand

umklammerte sie den Kristall und streichelte ihm mit der anderen über die Stirn.

„Malu", hauchte Geronimo.

„Alles wird gut", flüsterte sie.

Plötzlich durchfuhr Kälte ihren Körper. Der Schattenwächter umklammerte ihre Schulter mit seinem eisigen Griff.

„Dummer kleiner Stern, du machst es mir so leicht", flüsterte er in ihr Ohr. „Du kannst ihn nicht mehr retten. Er ist zu schwach, sein inneres Licht wird für immer erlöschen. Sein Traum wird sterben und mit ihm die Erinnerung an dich." Der Griff wurde fester. Die Kälte ließ ihren Atem gefrieren. Sie begann zu zittern. Er versuchte, ihr alle Energie zu rauben.

„Ich nehme dir dein Licht." Sein Kichern steigerte sich in hysterisches Gelächter. „Die Finsternis wird die Erde beherrschen. Die Zeit des Lichts ist vorbei", schrie er wild.

Sie schaute Geronimo direkt in die Augen, sah in deren Tiefe einen Funken aufblitzen. Sie drückte das Amulett gegen ihre Brust, die Kraft des Lichts und seine Wärme gaben ihr Hoffnung. „Es ist noch nicht vorbei", sagte sie mit fester Stimme.

„Was faselst du da?", grölte der Schattenwächter.

„Manchmal reicht ein Funken Licht, um die Finsternis zu vertreiben", schrie Malu. Sie schloss die Augen und verband sich mit ihrem inneren Licht. Im gleichen Moment begann das Amulett zu vibrieren. Der Boden bebte, als ob das immerwährende Licht jeden Moment daraus hervorbrechen würde. Die Kraft des Kristalls drang direkt in ihr Herz vor. Die Kälte um sie herum wich. Sie schüttelte die Hände des Schattenwächters ab.

„Nein! Was geschieht hier", schrie der.

Malu schaute in seine weit aufgerissenen Augen.

„Ich bin eins mit dem Licht! Weiche aus diesem Körper!", rief sie mit tiefer dröhnender Stimme.

„Nein!", brüllte der Schattenwächter.

„Geh dahin, wo du hergekommen bist, mit all denen, die du gerufen hast."

Die Wände des Hauses begannen zu schwanken. Malu lenkte das Licht aus ihrem Herzen in den Körper des Schattenwächters hinein. Schwarzer Nebel wich aus seinem Mund und seinen Ohren. Eine dunkle Wolke bildete sich neben Albert. Malu formte eine Kugel aus blitzender weißer Energie in ihrer Hand und schoss sie in die Schwärze. Die Kugel explodierte in der Wolke. Licht durchströmte sie bis in den letzten Winkel. Die Wolke begann sich aufzulösen und Asche rieselte auf den Boden.

Dann trat Malu ans Fenster, formte eine zweite Kugel und feuerte sie direkt in die Wolke über dem Haus. Sie hörte das Schreien der Schattenwächter. Die Druckwelle der Explosion streifte die Härchen auf ihrer Haut. Ascheregen verteilte sich auf dem Boden.

Der Kraftstrom aus dem Amulett versiegte. Malu wurde schwindelig, sie kippte nach hinten und konnte sich gerade noch rechtzeitig mit einer Hand am Fensterbrett festhalten. Langsam sank sie auf den Boden. Sie wollte aufstehen und nach Geronimo schauen, aber sie kam nicht auf die Beine. Auf Händen und Knien krabbelte sie in Richtung des Stuhls und zog sich an ihm hinauf. Schließlich fand sie genug Kraft zu stehen und betrachtete Geronimo.

„Malu", flüsterte er.

Sie erschrak, sein Gesicht wirkte eingefallen und ausdruckslos.

„Mir ist kalt, so kalt." Er schloss die Augen.

„Geronimo!"

Er reagierte nicht.

„Geronimo!" Sie rüttelte ihn an den Schultern.

„Wach auf. Bitte wach auf!"

Er regte sich nicht.

Sie war so verzweifelt, dass sie die Tränen nicht mehr zurückhalten konnte. „Nein! Das darf nicht sein! Bitte, immerwährendes Licht der Weisheit, hilf Geronimo! Bitte lass ihn aufwachen! Schenke ihm mein Licht, wenn es sein muss. Hilf ihm, bitte." Sie nahm das Amulett ab und drückte es gegen seine Brust. Es begann zu leuchten – erst sanft, dann mit voller Kraft. Ein breiter Strahl weißen Lichts wirbelte in Geronimos Brust hinein. Ganz langsam kehrte die Farbe in sein Gesicht zurück. Er blinzelte und öffnete die Augen. Ihre Blicke trafen sich. Geronimo lächelte.

24. Kapitel

„Als Jugendlicher hatte ich selbst einen großen Traum."

Sein Körper fühlte sich schwer und steif an. Er hatte das Gefühl, eine Ewigkeit auf dem Stuhl gesessen zu haben. Worte hallten in seinen Ohren, aber er war nicht imstande ihre Bedeutung zu erfassen. Er drehte den Kopf in die Richtung, aus der sie kamen, und nahm die Umrisse eines Gesichtes wahr.

„Malu", flüsterte er.

Sie schien zu verstehen, dass er noch nicht ganz wieder da war, und umarmte ihn einfach eine Weile. Dann versuchte sie es erneut.

„Ich bin so froh, dass du wieder aufgewacht bist. Ich hatte solche Angst", flüsterte sie in sein Ohr.

Geronimo nickte und versuchte, Worte über die Lippen zu bringen. Es dauerte ein wenig, aber schließlich gelang es ihm. „Ich habe die Hoffnung nicht aufgegeben, dass du kommst", wisperte er und versuchte aufzustehen. Malu stützte ihn. Ganz langsam kehrte die Kraft in seine Glieder zurück.

„Wo ist der Gärtner?", fragte sie.

„Im Keller", antwortete er leise.

„Was ist mit Albert?"

„Es geht ihm gut. Der Schattenwächter ist fort." Sie zeigte mit dem Finger auf das Sofa. „Vielleicht ist jetzt ein guter Zeitpunkt, mit ihm über den Turnverein zu sprechen." Sie zwinkerte ihm zu. „Ich hole jetzt erstmal den Gärtner aus dem Keller." Sie streichelte ihm über den Kopf und verließ das Zimmer.

Geronimo richtete sich auf und streckte die Arme und Beine. Langsam kehrte Leben in sie zurück. Er stand auf und ging zum Sofa hinüber. Albert lag unter einer Decke, die bis knapp unter sein Kinn reichte. Er starrte nach oben. Aus seinen geröteten Augen rollten Tränen seine Wangen hinunter. Geronimo hatte ihn noch nie vorher weinen sehen. Albert sah ihn an, und Geronimo setzte sich neben ihn.

„Es-es tut mir so leid, Geronimo. Wäre ich nicht so verdammt stur gewesen, wäre es niemals so weit gekommen."

Geronimo schwieg.

„Er hatte denselben Plan wie ich, deinen Traum zu zerstören. Ich bin nicht besser als er." Albert verbarg sein Gesicht mit den Händen.

„Das ist nicht wahr", antwortete Geronimo, „ich weiß, dass du mich lieb hast."

Albert blickte ihn an und nickte. „Ich liebe dich, Geronimo, aber ich wollte dir ein Leben aufzwingen, das ich für richtig halte." Er verzog das Gesicht, als hätte er Schmerzen. „Darf ich dir erzählen, warum ich verhindern wollte, dass du Artist wirst?"

„Ja." Geronimo lehnte den Rücken gegen das Polster.

Albert setzte sich auf. „Als Jugendlicher hatte ich selbst einen großen Traum. Ich wollte Biologie studieren und Tierforscher werden. Leider starb mein Vater sehr früh. Ich musste nach der 10. Klasse die Schule verlassen und mir eine Arbeit suchen, um meine Mutter und meine jüngeren Geschwister finanziell zu unterstützen. Ich musste meinen Traum aufgeben, und das hat mir sehr weh getan. Danach habe ich angefangen zu glauben, dass es im Leben keinen Platz für Träume gibt. Ich wollte dich die ganze Zeit davor beschützen, enttäuscht zu werden. Dabei habe ich vollkommen ausgeblendet, dass du auch Erfolg haben könntest. Das war so dumm von mir."

„Danke, dass du mir davon erzählt hast. Aber warum habt ihr mir nie gesagt, dass ihr mich adoptiert habt?"

Albert schluckte. „Woher weißt du das?" Seine Stimme klang unsicher.

„Ich habe die Blechkiste auf dem Dachboden gefunden und mit Mario Salmone gesprochen."

Albert senkte den Blick. „Wir wollten es dir sagen, wenn du sechzehn wirst. Irgendwie dachten wir, dass das ein passendes Alter wäre. Vielleicht war das auch ein Fehler." Albert suchte den Blickkontakt.

In seinen Augen erkannte Geronimo ehrliches Bedauern und aufrichtige Liebe. „Ich weiß, dass du nichts Schlechtes wolltest, aber ich bin nun mal anders als du. Ich will die Menge in der Manege zum Staunen bringen, ihnen für einen Moment den Atem rauben, ihnen einen Nachmittag schenken, den sie nicht vergessen werden und mit ihrem Applaus belohnt werden."

Albert holte tief Luft und ließ sie langsam zwischen seinen Lippen entweichen. „Ich verspreche, dass ich dich von jetzt an bei deinem Traum unterstütze."

„Das heißt, ich darf in den Turnverein gehen?"

„Ja, du darfst in den Turnverein gehen."

Die Worte drangen direkt in Geronimos Herz. Eine Welle von Freude durchflutete seinen Körper. Er konnte nicht anders, als Albert mit so viel Wucht zu umarmen, dass dieser auf das Polster des Sofas zurückfiel. „Danke! Das ist einfach großartig!"

Malu und der Gärtner betraten das Zimmer. Geronimo musterte den Alten. Er sah abgekämpft und bleich aus, aber lächelte.

„Ich wusste, dass Malu es schafft. Ich wusste es einfach. Das immerwährende Licht der Weisheit hat sie nicht ohne Grund auf die Erde geschickt."

Geronimo stand auf, ging zum ihm und drückte seine Hand.

„Ich bin froh, dass Sie recht hatten!" Er nahm das Amulett vom Hals und gab es ihm zurück.

„Danke, Geronimo." Der Gärtner streichelte sanft über den Kristall, legte die Kette um und schob das Amulett unter sein Hemd.

Die Farbe begann, in sein Gesicht zurückkehren.

„Das fühlt sich gut an." Er berührte die Stelle an seinem Hemd, unter der sich der Kristall befand. Dann schaute er in die Runde. „Ihr seid jederzeit in meinem Garten willkommen. Jetzt entschuldigt mich bitte. Ich habe einiges aufzuräumen." Er gab Geronimo die Hand, streichelte Malu über die Locken und nickte Albert zu.

„Bis bald." Er verließ das Haus.

„Danke, dass du mich von diesem Biest befreit hast." Albert stand von dem Sofa auf und kam zu ihnen. Er streckte Malu die Hand entgegen. „Mein Name ist Albert."

„Ich weiß." Sie grinste. „Ich heiße Malu. Das war meine erste Schattenaustreibung. Ich hoffe, es hat nicht allzu weh getan."

„Überhaupt nicht. Es war einfach befreiend, als diese entsetzliche Kälte und dieser Unhold endlich meinen Körper verlassen haben."

Malu lächelte, aber Geronimo konnte an ihrem Gesicht ablesen, wie viel Kraft es sie gekostet hatte.

„Du musst dich ausruhen, Malu", sagte er entschieden.

Sie nickte. „Darf ich mich hinlegen und ein wenig schlafen?"

„Solange du willst", antwortete Albert.

Sie legte sich auf das Sofa, zog die Beine dicht an den Körper und kuschelte sich in die Decke ein.

„Was hältst du davon, wenn ich uns Pizza bestelle? Ich denke, wir können eine Stärkung vertragen", flüsterte Albert.

„Das ist ein sehr gute Idee." Geronimo setzte sich an den Esstisch und schaute in den Garten. Der Himmel strahlte in sommerlichem Blau und die Sonne schien, als ob es die dunkle Wolke mit den Schattenwächtern nie gegeben hätte. Geronimo ließ die Luft in die Lungen strömen und wieder hinaus. Er fühlte sich frei. Endlich konnte er das tun, wonach er sich tief in seinem Herzen sehnte.

25. Kapitel

„Talent ist wichtig, aber wenn ihr herausragende Artisten und Akrobatinnen werden wollt, braucht ihr die Entschlossenheit, stetig dafür zu trainieren."

Geronimo rutschte ungeduldig auf der Holzbank hin und her. Er spürte die Anspannung von der Fußsohle bis in die Haarspitzen. Das Aufwärmtraining vor der Prüfung hatte seine Aufregung noch gesteigert. Sein Blick wanderte zur Tribüne. Malu saß zwischen Albert und dem Direktor auf einer der Holzbänke oberhalb der Turnfläche. Alle Plätze waren besetzt.

Der Junge neben ihm wackelte unruhig mit dem Bein hin und her. Ein Stück von ihnen entfernt stand ein langer Tisch, hinter dem ein Mann und zwei Frauen saßen. Die ältere der beiden Frauen schob den Stuhl zurück und erhob sich. „Mein Name ist Dorothee. Ich bin die Präsidentin des Turnverein. Schön, dass so viele turnbegeisterte Kinder und Jugendliche gekommen sind." Sie deutete auf den Mann neben sich. Er trug eine schwarze Jogginghose und ein weißes T-Shirt. „Das ist Frank, der Trainer für Kinder und Jugendliche bis zwölf Jahre."

Frank richtete sich auf, nickte den Kindern zu und sagte freundlich „Hallo". Dann setzte er sich wieder.

„Und das ist Mary." Dorothee zeigte auf die Frau, die neben Frank saß. „Sie trainiert die Jugendlichen von 13 bis 17 Jahren."

Mary trug einen hellbraunen Trainingsanzug. Sie stand auf, nahm das weiße Basecap vom Kopf und begrüßte sie herzlich. „Schön, dass ihr hier seid." Dann ließ sie sich wieder auf den Stuhl sinken.

Dorothee fuhr fort. „Wir haben dieses Jahr nur fünf freie Plätze in der Trainingsgruppe der Zehn- bis Zwölfjährigen. Deshalb können wir heute nicht jeden von euch aufnehmen. Wenn ihr es dieses Mal nicht schafft, dürft ihr es im nächsten Jahr noch einmal versuchen. Frank, Mary und ich entscheiden nach dem Vorturnen, wer von euch dabei sein wird. Frank erklärt euch, welche Übungen ihr zeigen müsst und geht mit euch durch den Parkour. Mary und ich schreiben auf, was uns auffällt." Sie nickte Frank zu und setzte sich.

Wenn ich es heute nicht schaffe, versuche ich es im nächsten Jahr noch mal, schwor sich Geronimo.

Frank ging zu den Kindern hinüber. „Das Wichtigste beim Turnen sind Beweglichkeit, Körperspannung, Rhythmusgefühl, Ausdrucksstärke und der absolute Wille, eine Übung perfekt zu beherrschen. Talent ist wichtig, aber wenn ihr herausragende Artisten und Akrobatinnen werden wollt, braucht ihr die Entschlossenheit, stetig dafür zu trainieren! Genau das wollen wir heute von euch sehen."

Frank wirkte zwar streng und Geronimo hatte den Eindruck, man würde ihm nicht auf der Nase herumtanzen können. Aber gleichzeitig schien er geduldig und freundlich zu sein und seine Worte motivierten Geronimo.

Frank ging zum Parkour und erklärte, welche Übungen gezeigt werden mussten. Dann begann er die Kinder einzeln aufzurufen.

Geronimo fragte sich, wann er dran sein würde. Hoffentlich musste er nicht so lange warten, er war jetzt schon wahnsinnig nervös.

Der Junge neben ihm war als Erster an der Reihe. Er absolvierte die Übungen gekonnt und machte keinen Fehler. Geronimo wurde klar, dass er heute sein ganzes Können zeigen musste, um eine Chance zu haben.

Frank rief seinen Namen als Letzten auf. Das lange Warten und die Fähigkeiten der anderen hatte dafür gesorgt, dass Geronimo so nervös war wie noch nie in seinem Leben. Er holte Luft und ballte die Hände zu Fäusten. Jetzt kam es drauf an. Er stand auf und ging zur ersten Übungsmatte. Er sah, dass die Blicke aller Menschen in der Halle auf ihn gerichtet waren. Als Erstes sollte er seine Beweglichkeit unter Beweis stellen. Er setzte sich auf die Matte, streckte seine Beine nach vorne aus, winkelte die Zehenspitzen an und reckte seinen Oberkörper und die Hände so weit nach vorne, wie er konnte. Die Dehnung in seinen Ober- und Unterschenkeln schmerzte. Er biss die Zähne zusammen und schob die Fingerspitzen ein Stück über die Zehenspitzen hinaus.

„Gut, das reicht", meinte Frank. „Jetzt zeig uns bitte den Seitspagat. So weit, wie du ihn schaffst."

Geronimo stellte die Füße weit auseinander und rutschte langsam nach unten. Er fühlte ein unangenehmes Ziehen an den Innenseiten seiner Oberschenkel, ging weiter bis zu seiner Schmerzgrenze und stöhnte. Es trennten ihn nur noch wenige Zentimeter vom Boden. Weiter kam er nicht. Er richtete sich wieder auf.

„Danke", sagte Frank. „Jetzt schwing dich bitte in den Handstand und rolle dich ab."

Die Bewegungsfolge hatte er schon hunderte Male in der Turn AG geübt, aber trotzdem wusste er nicht, ob er es diesmal schaffen würde. Er schloss die Augen, atmete langsam ein und aus und sammelte seine Kraft. Dann öffnete er die Augen wieder, führte die Arme über den Kopf, ging einen Schritt nach vorn und schwang sich auf die Handflächen, bis seine Beine gerade zur Decke zeigten. Er rollte sich über den oberen Rücken nach hinten ab und stand wieder auf den Füßen. Die Arme führte er über den Kopf.

„Okay Geronimo, jetzt schauen wir uns dein Rhythmusgefühl an. Klatsche im Takt der Musik und dann nimm einen Fuß dazu und stampfe."

Geronimo nickte. Den ersten Teil der Prüfung hatte er also schon einmal hinter sich gebracht. Er schüttelte die Arme und Beine aus und wischte sich den Schweiß aus dem Gesicht.

Aus den Lautsprechern ertönte Musik. Geronimo spürte das Wummern des Basses in den Füßen, konzentrierte sich darauf und begann im Kopf den Takt zu zählen. Er klatschte und begann mit dem rechten Fuß zu stampfen. Frank nickte und schaltete die Musik ab.

„Okay, nun stell dir vor, du gräbst mit einer Schaufel ein Loch in den Hallenboden. Zeig uns, wie anstrengend das ist, ohne einen Ton von dir zu geben."

Geronimo überlegte einen Moment. Dann nahm er einen unsichtbaren Spaten in die Hand, rammte ihn mit aller Kraft in den Boden der Halle, trat mit dem Fuß auf die Kante und hob die ebenso unsichtbare Erde mit zitternden Armen aus dem Boden. Er wiederholte den Bewegungsablauf einige Male und verzerrte dabei das Gesicht vor Anstrengung. Dann betrachtete er seine Hände und pustete darauf. Mit der rechten Hand wischte er sich den

Schweiß von der Stirn. Schließlich stemmte er seine Fäuste ins Kreuz, lehnte sich nach hinten und verzog das Gesicht vor Schmerzen.

Frank schmunzelte. „Das sieht nach harter Arbeit aus. Danke dir. Du darfst dich wieder setzen."

Geronimo ging zurück zur Bank und ließ sich darauf sinken. Er war klatschnass geschwitzt und hatte aus jedem Muskel seines Körpers das Letzte heraus geholt. Trotzdem war er sich nicht sicher, ob es am Ende reichen würde. Er seufzte. Gut, dass Malu mit dem Schauspieltraining nicht locker gelassen hatte, sonst wäre ihm die Nummer mit der Schaufel niemals gelungen. Langsam ließ die Anspannung in ihm nach.

Frank erklärte den weiteren Ablauf: „In der nächsten Stunde beraten wir uns und geben dann unsere Entscheidung bekannt. Im Aufenthaltsraum könnt ihr Getränke und Kuchen kaufen. Alle Einnahmen fließen in die Vereinskasse, also haltet euch nicht zurück." Dann setzte der Trainer sich neben Dorothee und Mary.

Geronimo ging gemeinsam mit den anderen Kindern zurück in die Umkleidekabine. Alle hatten ihr Bestes gegeben. Die Erschöpfung sah er ihnen an. Es wurde nicht viel gesprochen. Geronimo zog die Sportsachen aus und die blaue Jeans und das weiße T-Shirt an und machte sich auf den Weg zur Vorhalle.

Malu, Albert und Mario standen nicht weit vom Tisch mit dem Kuchen und den Getränken entfernt. Er steuerte direkt auf sie zu.

„Hey, da ist er ja. Das hast du richtig gut gemacht! Ich bin stolz auf dich. Die Nummer mit dem Spaten war der Wahnsinn." Malu hob die Hand für ein High-Five.

Geronimo schlug ein. „Danke. Drückt mir die Daumen, dass es reicht. Mehr ging nicht. Mir tut alles weh."

Mario schlug ihm auf die Schulter. „Gut gemacht! Ich bin stolz auf dich! Du hast gezeigt, dass du das Zeug zum Artisten hast."

„Ich fand dich auch klasse", meinte Albert und lächelte.

„Es waren so viele gute Turnerinnen und Akrobaten dabei. Ich bin mir nicht sicher, ob es klappt", flüsterte Geronimo.

„Das werden wir dann sehen. Und es gibt es immer einen Plan B. Wenn nicht, übst du mit Malu und Astan für die nächste Prüfung."

Albert kaufte Kuchen und Limonade und sie aßen gemeinsam.

Nach einer Weile kam Frank in den Raum und bat sie, wieder ihre Plätze einzunehmen.

Geronimo konnte kaum still sitzen, als die Präsidentin sich vor die Kinder stellte.

„Wir haben uns entschieden", sagte Dorothee, „aber bevor ich die Kinder aufrufe, die es geschafft haben, will ich mich bei euch allen bedanken. Jeder und jede von euch hat den Mut gehabt, sich der Prüfung zu stellen. Und bei jedem und jeder von euch haben wir den Willen gesehen, alles aus sich herauszuholen. Am Ende sind es Kleinigkeiten gewesen, die den Unterschied gemacht haben. Ihr alle habt meinen Respekt und meine volle Anerkennung für eure Leistung!" Sie nahm einen Zettel aus der Hosentasche, entfaltete ihn und begann zu lesen. Geronimo klammerte sich mit den Händen an der Holzbank fest und wagte nicht zu atmen.

„Diese Jahr nehmen wir folgende Kinder in die Turngruppe auf: Marie, Josephine, Till, Anouk und Geronimo."

Geronimo sprang auf und riss die Arme in die Höhe. „Ich habe es geschafft!" All der Muskelkater und die Disziplin, jeden Tag zu trainieren, hatten sich gelohnt. Ab jetzt war er ein Mitglied der Turngruppe. Er ballte die Fäuste und schaute zur Tribüne hinüber.

Malu klatschte begeistert. „Super! Du bist großartig!", rief sie ihm zu. Albert stand auf und applaudierte ebenfalls. Und Mario, der Zirkusdirektor und sein leiblicher Vater, richtete sich auf, zeigte mit dem Daumen nach oben und verbeugte sich vor ihm.

26. Kapitel

„Du hast die Wahl, Malu."

Malu lehnte mit dem Rücken an der Mauer des Brunnens. Die Sterne glitzerten wie kleine Diamanten am wolkenlosen Himmel. Die Luft war immer noch angenehm warm, und die Grillen wurden nicht müde zu zirpen. Malu dachte noch mal über den Tag nach. Nach der Aufnahmeprüfung hatten sie bei Geronimo zuhause gefeiert. Auch der Gärtner war vorbei gekommen und hatte einen Korb voll selbst gebackenem Kuchen und frischem Obst mitgebracht.

Am frühen Abend war sie gemeinsam mit dem Gärtner in Richtung Wald aufgebrochen. Geronimo hatte sie zum Abschied gefragt, ob sie jetzt nach Hause gehen würde.

„Ich weiß es nicht", hatte sie ihm ins Ohr geflüstert. Dann hatte sie ihn in den Arm genommen, fest an sich gedrückt und ihn erst losgelassen, als sie das Gefühl hatte, dass der richtige Zeitpunkt gekommen war.

Eine Nachtigall begann ihr Lied zu trällern. Malu betrachtete die kleine Hütte, die ihr Zuhause geworden war. Still und friedlich stand sie da. Wie viele Sterne wohl schon hier gewohnt hatten?

Ein Surren riss sie aus den Gedanken. Von den Bäumen flog ein kleiner leuchtender Punkt auf sie zu. Als er näher kam, erkannte sie den Kolibri. Sie öffnete die Hand und er landete auf ihrer Handfläche.

„Hallo, mein kleiner Freund." Sie streichelte über seinen Kopf.

Er schüttelte sich und schaute sie an. „Malu", hörte sie die Stimme des immerwährenden Lichts der Weisheit durch ihn sprechen, „du hast deine Aufgabe erfüllt, du kannst zu deiner Wolke zurückkehren. Geronimo ist nun auf dem richtigen Weg."

„Warum hast du mich geschickt?"

„Weil ich hinter deiner Angst besonders viel Mut und Kraft gesehen habe."

Sie betrachtete den Kolibri einen Moment. Dann blickte sie zum Sternenhimmel auf, mit den unzähligen strahlenden Lichtern, und dachte an ihre Wolke mit den weichen kuscheligen Kristallen und an Urion und die Spazierflüge zur Weltraumveranda. Ein Teil von ihr vermisste das alles schrecklich und wollte dorthin zurück. Aber irgendwie spürte sie auch, dass noch andere Aufgaben hier auf sie warteten. Das hinkende Mädchen aus der Kinderanlaufstelle kam ihr in den Sinn, ihre Traurigkeit. Sie erinnerte sich an den winzigen Funken Hoffnung, den sie in Mia entzündet hatte.

„Du hast die Wahl, Malu", sagte die Stimme der immerwährenden Weisheit.

Niemals hätte sie gedacht, dass es irgendetwas im weiten Weltraum geben könnte, das sie von den weichen kuscheligen Kristallen ihrer Wolke fernhalten würde. Sie sog die milde Abendluft tief in ihre Lungen und ließ sie langsam zwischen ihren Lippen ausströmen. Sie wusste, dass es nur eine richtige Entscheidung gab. „Ich bleibe", sagte sie entschlossen.

Nachwort des Autors

Liebe Leserin und lieber Leser,

die Geschichte von Malu und Geronimo ist im Rahmen eines Schreibstudiums entstanden. In diesem Prozess habe ich verstanden, dass Bücher schreiben einem Marathon gleicht und es war mir jede Minute wert.

Ich hoffe sehr, dass Du Malu und Geronimo mit der gleichen Spannung und Freude auf ihrer Reise begleitet hast, die ich beim Schreiben der Geschichte empfunden habe. Wenn Dir das Buch gefallen hat, würde ich mich sehr über eine positive Bewertung auf Amazon oder einem anderen Portal, auf dem Du das Buch erworben hast, freuen! Auch über Leseempfehlungen und positive Kommentare auf Social Media freue ich mich! Auf diesen Kanälen findest du Informationen über neue Buchprojekte und über mich:

Instagram und Threads: @t.vomhofeschneider

Herzliche Grüße,
Dein Thomas vom Hofe-Schneider
www.vom-hofe-schneider.de

www.vom-hofe-schneider.de

Über den Autor

Seine Leidenschaft für das Schreiben entdeckte Thomas in der Schule. Aus drei vorgegebenen Worten sollte eine Geschichte entstehen. Diese Aufgabe führte ihn zu seiner Berufung: Geschichten schreiben.

Mit seinen Büchern will Thomas Jugendliche und Erwachsene darin bestärken, ihre Träume zu verwirklichen. Er lebt und arbeitet in Berlin.